DREAMBOOKS

DREAMBOOKS

龍帝劍傳

용제검전

윤민호 신무협 장편소설

ORIENTAL FANTASY STORY & ADVENTURE

dream books
드림북스

용제검전 5

초판 1쇄 인쇄 2016년 9월 23일
초판 1쇄 발행 2016년 10월 4일

지은이 윤민호
발행인 오영배
기획 박성인
책임편집 이대용
일러스트 이지선
표지 · 본문 디자인 권지연
제작 조하늬

펴낸 곳 (주)삼양출판사 · 드림북스
주소 서울시 강북구 도봉로 173
대표 전화 02-980-2112 **팩스** 02-983-0660
편집부 전화 02-980-2116 **팩스** 02-983-8201
블로그 blog.naver.com/dreambookss
출판등록 1999년 3월 11일 제9-00046호

ISBN 979-11-313-0571-3 (04810) / 979-11-313-0566-9 (세트)

+ 이 도서의 국립중앙도서관 출판시도서목록(CIP)은 서지정보유통지원시스템홈페이지(http://seoji.nl.go.kr)와 국가자료공동목록시스템(http://www.nl.go.kr/kolisnet)에서 이용하실 수 있습니다. (CIP제어번호: 2016021741)

龍帝劍傳
용제검전
윤민호 신무협 장편소설
5
ORIENTAL FANTASY STORY & ADVENTURE
dream books
드림북스

목차

第一章

쌍방(雙方) 합의(合意)

검무영과 당효악은 따로 이야기를 나누기 위해 북쪽 집무실로 향했고, 운몽향아도 먹거리를 장만하고자 청풍검문 밖으로 나갔다.

결국 객당 내실엔 하연설을 비롯한 적전제자들, 그리고 당씨 삼형제만 남았다.

당한준은 어느덧 비어 버린 찻잔을 매만지며 희미한 미소로 말을 건넸다.

"다들 일신의 기도이나 하단전에 갈무리된 내공 수위가 남다른 것 같군요. 정말이지 감탄스럽습니다."

격식을 차리고자 의례적으로 내뱉는 말이 아닌 진심을

담아 낸 말이었다.

곁의 두 아우도 동의한다는 듯 고개를 살짝 끄덕여 보인다.

하연설이 일동을 대표해 말을 받으며 환한 미소를 그렸다.

"칭찬 감사해요. 이게 다 교두님 덕분이랍니다. 하지만…… 당 대공자의 수준에 비하면 아직 한참 멀었죠."

그녀의 말 또한 진심이다.

비록 검무영의 가르침으로 인해 내공이 비약적으로 증가했지만 당한준의 수준엔 미치지 못하는 게 사실이었으니까.

정천십팔신성의 반열이라도 그 무공 수위는 저마다 다른 법.

금년 서른한 살의 당한준은 그런 신성들 가운데 상위에 속하는 인물이었다.

무려 오백 년의 뿌리 깊은 역사를 가진 진천당가는 장구히 이어진 세월을 대변하듯 수많은 무학을 보유하고 있었는데, 당한준은 그중 당본회류산법(唐本回流傘法)을 자신의 주된 공부로 삼아 어릴 때부터 꾸준히 익혀 왔다.

당본회류산법은 일산(日傘)이나 우산(雨傘)을 사용하는 아주 독특한 형태의 무공으로 공방 초식의 균형을 맞추는 게 까다로워 피나는 노력이 아니면 빛을 보기가 어려웠기에 다들 기피하는 비주류의 공부였다.

하나 당한준은 그것을 해냈다.

제 방식대로 재해석해 훌륭한 가전 절학으로 승화시켜 뭇사람의 찬사를 받았다.

기실 당본회류산법이 본격적으로 세인의 주목을 받게 된 계기는 열아홉 살 무렵에 있었던 한차례의 비무 때문이었다.

상대는 동년배인 사파의 기재, 괴운비도(怪雲飛刀) 궐자환(闕子桓).

그는 강서성에 위치한 사도의 유명한 무가 괴림궐가(怪林闕家)의 촉망받는 후계자였다.

당한준은 그런 궐자환을 상대로 시종일관 우세를 점하며 육십 초 승리를 거두었고, 그로 인해 전국적인 명성을 얻게 되었다. 또한 당본회류산법은 새로이 당가를 대표하는 가전 절학으로 자리매김했다.

그 후 불가의 성지인 아미파의 후기지수 촉산불광검(蜀山佛光劍) 풍해(馮楷)와 친선 비무를 가져 일백 초를 교환한 끝에 승리를 거두며 신성의 한 명으로 꼽히게 된 것이었다.

지금은 거의 모르는 사람이 없는 백산예사란 별호가 탄생한 것도 바로 그때였다.

검무영의 손에 죽은 백림신검재 위천앙도 '백류검문이

낳은 검술의 천재' 란 찬사를 받으며 당한준에 못지않은 유명세를 치렀으나 일신의 무위는 엄연히 차이가 났다.

위천앙이 생전에 당한준처럼 신성 반열의 상위라는 평가를 들을 수 없었던 이유는 다름 아닌 이 자리에 있었다.

당효악의 차남, 십독효연 당한유.

독공 속성의 열 가지 무공에 통달했다는 그는 과거 위천앙과 친선 비무를 가져 일백 초가 넘는 접전 끝에 아쉽게 패배했던 까닭이다.

당한유는 평소 자신의 실력이 형인 당한준의 그것에 미치지 못한다고 버릇처럼 말했다. 그래서 그런 당한유를 상대로 눈에 띄는 우위를 점하지 못한 위천앙은 자연히 당한준의 아래로 평가되었다.

솔직히 정천십팔신성이란 칭호는 정파 무재의 기준이기 전에 상징적인 의미가 더 강했다.

이미 신성 반열에 이름을 올린 무재가 있는 무문의 다른 무재는 그에 포함되지 못했으니까. 그게 아니라면 당한유도 신성의 한 명으로 각광을 받았을 것이다.

위천앙과 동수를 이룬 것만으로도 그 자격은 충분히 증명한 셈이 아닌가.

막내인 충공섬전수 당한림 역시 당한유와 엇비슷한 무력을 가졌기에 사실상 당가 내엔 신성급의 무재가 세 명이 존재한다고 볼 수 있었다.

하연설은 그런 당씨 삼형제를 보며 재차 말을 이었다.

"나중에 기회가 된다면…… 비무를 한번 가져 보고 싶어요. 세 분 모두 실력이 출중하니 우리로선 잃는 것보다 얻는 것이 더 많으리라 생각해요. 물론 아직은 준비가 되지 않았지만……."

당한준이 시원스러운 웃음을 발하며 손사래를 쳤다.

"하하하, 준비가 되지 않았다니요? 강호의 다른 후기지수들이 그 말을 들으면 울상이 됐을 겁니다. 잔혼각의 정예 전력을 상대로 그렇듯 무위를 뽐낼 수 있는 인재는 그리 많지 않습니다."

질세라 말을 거드는 당한유였다.

"만약 검 교두님께서 허락하신다면 우린 언제든지 응할 용의가 있습니다. 안 그래도 철붕대전 이후로 각 지역마다 큰 규모의 비무 대회가 사라지다시피 해 후기지수끼리의 교류가 활발하지 않은 상황이니까요. 동맹이든 아니든 그것과 관계없이 친선을 도모할 좋은 기회이지 않습니까?"

그러자 당한림이 은근한 눈빛으로 입을 열었다.

"저는 기왕이면 하 소저와 손속을 나눠 보고 싶군요. 하핫."

동시에 마봉과 양욱이 속으로 발끈했다.

'저 새끼가 어디 감히 추파를 던지고 지랄이야!'

사문을 대표하는 미녀이자 대사저인 하연설한테 연심을 품은 듯한 태도가 기분 나쁘다는 표정들.

마봉이 대뜸 목소리를 던지고.

"참, 혹시나 해서 하는 말인데…… 하 사저는 임자가 있습니다."

곧바로 양욱이 맞장구를 치길.

"하 사저는 이미 검 교두님의 여인입니다."

찰나 하연설의 낯빛이 사색이 되었다.

"사, 사제들! 지금 그게 무슨 말……!"

그 순간.

와지끈! 하는 소리와 함께 문짝이 부서지며 개새가 안으로 튀어 들어왔다.

"멍, 멍!"

뒤이어 관궁이 씩씩거리며 안으로 발을 들인다.

"이 개새끼!"

그가 내뿜는 살벌한 기도에 다들 움찔 놀란 가운데 개새가 탁자 위에 올라 반항하듯 짖는다.

"멍, 멍! 멍멍!"

그에 관궁이 한층 광분했다.

"뭐, 뭐가 어쩌고 어째?"

"멍멍! 멍멍멍!"

"이게 진짜……! 지금 그걸 변명이라고 해?"

노성을 토한 관궁이 사납게 전진하려는 찰나 개새가 탁자를 탁! 차며 뒤편으로 쏘아지듯 도약하더니 벽면을 깨고 밖으로 도망쳤다.

"잡히면 뒈진다!"

일갈한 관궁도 즉각 경공술을 펼쳐 뻥 뚫린 공간을 통해 바람처럼 사라졌다.

당씨 삼형제는 넋이 나간 듯 멍한 얼굴로 두 눈을 껌뻑였다.

이곳을 빨리 나가는 게 좋겠어! 더 머물다간 정신이 이상해질 것 같아!

뇌리를 스치는 똑같은 생각들.

선우경리가 생긋 웃으며 그런 세 사람을 향해 말했다.

"후훗. 너무 신경 쓰지 말아요. 종종 있는 일이니까."

* * *

북쪽 건물의 집무실로 든 검무영과 당효악.

당효악은 자리에 앉기가 무섭게 두 손을 가슴 앞으로 모아 잡으며 말했다.

"고맙소, 검 교두. 이번 동맹은 필시 본 가와 청풍검문에 있어 이모저모로 이로운 점이 많을 것이라 확신하오."

"내가 굳이 진천당가와 손을 맞잡으려는 이유는 세 가지요."

그 소리에 당효악이 두 눈에 이채를 띠며 조용히 물었다.

"그게 무엇이오?"

"첫째는 당 가주의 무력."

"……."

"만약 당 가주가 일신의 무위로써 새외의 적을 감당하지 못했다면, 이번 동맹 제안은 아예 들은 척도 하지 않았을 것이오."

검무영의 직언에 당효악이 빙그레 웃었다.

"솔직해서 좋구려. 그러니까 장차 내 무력이 도움이 될 것이라 판단했다는 뜻이 아니오?"

고개를 끄덕인 검무영이 목소리를 이었다.

"두 번째는 앞서 당 가주가 지적한 대로 정보 수집에 동원할 인력이 마땅하지 않기 때문이오. 뭐, 그것은 인정할 수밖에 없는 부분이니……."

"마지막, 세 번째는 무엇이오?"

검무영은 잠시간 당효악을 빤히 바라보더니 짧게 대꾸했다.

"가까우니까. 그게 가장 큰 이유요."

순간 당효악이 소성을 터뜨렸다.

"허허허헛. 그것참…… 그런 이유일 줄은 예상도 못 했소이다. 하기야 그 말이 맞소. 서로 멀리 위치해 있다면 공조가 어려울 터이니……."

그때 검무영이 무심한 눈빛을 던지며.

"이번 동맹엔 하나 큰 조건이 있소. 아마 당 가주로선 거절하기 힘든 조건일 것이오."

"조건……?"

당효악이 의아함을 품은 찰나 검무영이 다시 입을 열었다.

"적이 머물던 곳이 어디인지 그 지형과 풍경을 알고 있소. 이미 그림으로 작성해 놓았으니 당문신보대를 이용하면 어렵지 않게 찾을 수 있을 것이오."

뜻밖의 소리에 당효악의 눈동자가 가볍게 흔들렸다.

"그게 사실이오?"

"그렇소."

"허어! 아니, 그것을 어찌 알아내었소?"

검무영 왈.

"난 사실 천지관심안(天地觀心眼)이란 능력으로 세상 모든 것을 꿰뚫어 볼 수 있소."

"……."

당효악이 황당하다는 표정을 짓자 검무영이 곧 뒤통수를 긁적였다.

"흠, 너무 과장했나."

그러자 당효악이 실소를 흘렸다.

"허헛, 검 교두의 무위를 알게 되고 나니 그런 말조차 농담으로 들리지 않는구려."

"어쨌든…… 내가 그 그림을 건네는 대신 당 가주도 부탁 하나를 무조건 들어주어야 하오. 싫다면 우리의 동맹은 성립되지 않을 거요."

당효악은 잠깐 생각에 잠겼다.

'검 교두가 인제 와서 짓궂은 장난을 칠 리는 없고, 저렇듯 양자택일의 제안을 해 온다는 것은 확실한 정보임이 분명하다는 뜻인데…… 그래, 이것은 고민할 거리가 아니다.'

탁.

이내 당효악의 우수가 책상 위를 가볍게 두드렸다.

"좋소! 어떤 것이든 말만 하시오."

검무영의 입가에 기다렸다는 듯 희미한 미소가 맺혔다.

"내 제안은……."

* * *

검무영의 제안을 받아들인 당효악은 이윽고 세 아들과 함께 연무장을 지나 철문으로 향했다.

당한준이 문뜩 물었다.

"아버님, 동맹은 성립된 것입니까?"

"아직 아니다. 검 교두가 부탁한 것을 처리하기 전까지는……."

검무영을 대신해 배웅을 나온 하연설이 철문을 조작해 열며 인사했다.

"살펴 가세요, 가주님."

"허헛, 그래. 조만간 또 보게 될 것이니라."

그렇게 당효악 일행이 밖으로 나선 직후.

팻말을 든 홍청, 망청과 그 앞에 모여 있는 수많은 사람의 모습이 시야에 담겨 들었다.

예의 인파는 다름 아닌 돈벌이를 마치고 귀환한 신입생 무리였다.

홍청과 망청이 팻말을 흔들며 괴성을 지른다.

"흐어엉!"

"크앙!"

〈신입 문생은 받지 않소.〉

〈사파 무리야, 썩 물러가지 못할까.〉

오호강, 곡혼량 등은 저마다 복장이 터졌다.

'아악! 미친 곰들 같으니, 제발 문에서 좀 비켜! 우린 이미 너희가 여기 오기 전부터 신입생 신분이었다고!'

당씨 삼형제는 어이없다는 표정으로 머리를 절레절레 흔들며 다시 한 번 똑같이 생각했다.

'앞으로 웬만하면 청풍검문을 방문하는 건 삼가는 것이 좋겠어.'

*　　*　　*

잔혼각 내부, 정문과 맞닿은 널따란 광장에 무인 삼백여 명이 모여 앉아 이야기를 나누는 중이었다.

"아니, 각주님께서 왜 이렇게 늦으시지? 싸움이 끝나도 벌써 끝났을 텐데……."

"혹시 일이 잘못된 건 아닐까?"

"어이, 어이! 재수 없는 소릴랑 꺼내지도 마."

"푸훗. 재수 없는 소리가 아니라 애초에 말이 안 되는 소리야. 우리도 우리지만 천금각 쪽은 아예 철금삼태사를 비롯한 각 내 전력을 총동원했다고. 이쪽과 저쪽을 다 합치면 무려 일천오백 명이 넘는데 청풍검문이 무슨 수로 그 많은 수를 감당하겠어?"

한데 그때.

정문 밖이 소란스러운가 싶더니 문을 지키던 위사의 다급한 음성이 들렸다.

"어, 어찌 이러시오? 본 각은 위법한 짓을 저지른 것이 없소! 장부를 조사해 보면 될 것 아니오! 크윽…… 이거 놔! 놓으라고, 육시랄!"

"닥쳐라!"

이어지는 구타 소리.

퍽, 퍽, 퍽—!

장내 모든 인원이 저마다 움찔 놀라며 신형을 일으켜 세운 찰나.

벌컥!

정문이 좌우로 열리며 관사 제복을 두른 일백여 명이 모습을 드러냈다.

'어엇! 안찰사 검찰부……?'

대오를 맞춰 밀고 들어오는 무관과 정예 관졸들의 보무당당한 기세에 다들 그대로 얼어붙고 말았다.

무리의 선두에 자리한 중년의 순검이 십 보 간격을 두고 멈춰 서더니 서슬 같은 눈빛으로 입을 열었다.

"전원 두 손을 보이는 곳에 두어라."

누구든지 함부로 칼자루를 쥐려 한다면 그 즉시 베어 버릴 것이라는 의미의 경고.

잔혼각 일동 삼백여 명은 겁에 잔뜩 질린 채 대답 대신 고갯짓으로 응대했다.

너 나 할 것 없이 상대의 위엄에 눌려 기를 제대로 펴지 못한다.

의당 그럴 수밖에.

예의 중년 순검은 성도에 살고 있는 강호인이라면 모를 수가 없는, 특히 잔혼각 출신이라면 더욱더 모를 수가 없는 너무나도 유명한 무관이므로…….

북두관검(北斗官劍) 제손권(提巽權).

강호를 떠돌던 노기인 칠원검옹(七元劍翁)의 유일한 제자이자 검찰부 내 상위 무관들 중 최고의 무공 실력을 자랑하는 인물이 바로 그였다.

칠원검옹은 생전에 제자를 두지 않겠노라고 입버릇처럼 말했는데, 그런 그가 마음을 바꿔 먹고 후계로 삼았을 만큼 제손권의 재능은 타의 추종을 불허했다.

일례로 칠원검옹은 서른 살 무렵에 비로소 궁극의 초식을 깨달았는데, 제손권은 약관이 되기도 전에 검초의 요체를 완벽히 깨우쳐 버렸다. 그 정도로 검의 운용에 대한 이해가 남달랐다.

그런 제손권이 무림이 아닌 관부에 투신한 이유는 스승의 유언에 있었다.

십오 년 전 칠원검옹은 숨을 거두기 전에 '내가 가르친 북두삼극검법(北斗三極劍法)으로 부디 가엾은 민초를 구제하라' 는 말을 남겼고, 제손권은 그러한 유지를 받들어 안찰사의 무관이 되었다.

포쾌로 시작해 순검으로 특별 임명이 되기까지, 고작 일 년이면 충분했다. 그는 임무 수행 중에 홀로 무려 일백 명이 넘는 악인을 잡아들여 별도의 시험을 치르지 않고도 순검이 되었고 그때부터 본격적으로 명성을 날렸다.

그렇게 몇 해가 지났을 때.

강호의 이목을 집중시키는 한 사건이 발생했다.

다름 아닌 제손권과 당시 잔혼각의 각주 잔멸신도 엄규의 비무.

일의 발단은 엄규 휘하의 도수들 때문이었다.

잔혼오사(殘魂五士)라 불리던 도수 다섯 명은 어느 날 거나하게 취한 상태로 마을의 모녀를 겁탈한 후 살해하는 만행을 저질렀고, 때마침 제손권이 그 현장을 목도했다.

격분한 그는 곧바로 검을 휘둘러 잔혼오사를 모조리 참

살해 버렸다.

뒤늦게 사태를 파악한 잔혼각주 엄규는 주요 고수인 잔혼오사를 그런 식으로 허무히 잃은 것에 대해 도리어 불만을 품었다.

나아가 잔혼오사가 억울한 죽임을 당했다며 평소 사파를 눈엣가시로 여긴 제손권이 일부러 잔혼각을 탄압하기 위해 사건을 조작했다는 억지 주장을 폈다. 기실 다른 목격자가 아무도 없었기에 가능한 주장이었다.

마침내 일이 커졌다.

참다못한 제손권이 상관을 설득해 재가를 얻은 후 엄규를 상대로 파격적인 제안을 한 것이었다.

바로 만인이 보는 앞에서 비무를 가져 만약 자신이 패배할 시엔 잔혼오사의 죄상에 대한 공표를 철회함과 동시에 무관직을 그만두겠다는 제안을…….

엄규로선 거짓 명분을 내세워 제 이름을 한층 드높일 절호의 기회였기에 흔쾌히 응했다.

날짜를 조율한 두 무인은 관내에 설치한 비무대에 올라 무력을 겨뤘다.

비무 시작 전까지만 해도 구경꾼들 대부분은 둘이 백중지세를 이루지 않을까 생각했다.

그렇지만 그게 아니었다.

막상 막이 오르자 모두의 예상이 보기 좋게 빗나갔다.

잔살팔로도법을 앞세운 엄규가 고작 이십 합도 채우지 못한 채 무참히 무릎을 꿇은 까닭이었다.

마치 아이와 어른의 격차를 보듯 변명의 여지조차 없는 패배였다.

칠원검옹을 사사한 제손권의 북두삼극검법은 가히 일절이었다. 심지어 일신의 내공마저 노년의 엄규를 능가하는 수위였다.

그 비무 결과로 인해 제손권은 명성이 치솟았다.

당장 관직을 버리고 강호에 나오더라도 십대무백에 능히 낄 수 있으리라는 찬사가 끊이질 않았으며 북두관검이란 별호도 생겼다.

반대로 패배와 함께 큰 내상을 입은 엄규는 잔멸신도란 별호가 무색하게 나날이 시름시름 앓다가 초라하게 병사하고 말았다. 그는 결국 생전에 혈수검왕 신율을 단 한 번도 이기지 못했던, 또한 말년엔 관부의 순검한테 치욕적인 패배까지 당했던 비운의 사파 고수로 기억될 따름이었다.

잔혼각 입장에선 아예 그 이름 석 자를 떠올리기도 싫은 존재인데, 그런 그가 오늘 휘하 관졸 무리를 이끌고 불쑥 나타났다.

장내는 숨 막힐 듯한 긴장감에 휩싸여 더없이 고요했다.

'제기랄, 하필이면 각주님께서 자리를 비우셨을 때 들이닥치다니…….'

'크, 우리를 아주 못 잡아먹어서 안달이구나. 지난 몇 년 간 네놈 손에 붙잡혀 간 동료들 수만 하더라도 수십 명이란 말이다!'

'이번엔 또 뭘까? 설마 본 각을 통째로 뒤집어 놓으려는 건 아니겠지?'

각주인 염저는 고사하고 주요 고수들 모두 청풍검문과 결판을 지으려고 밖을 나간 터라 당장은 제손권에게 휘둘릴 수밖에 없는 상황인데.

비록 관에 소속된 순검이나 일신의 명성은 결코 그에 국한되지 않고 무림에까지 널리 퍼져 있는 절륜한 검수가 아닌가.

자신들 능력으론 절대 감당할 수 없는 상대다. 게다가 섣불리 손을 놀리다가는 목숨을 부지하기 힘들 것이다.

이내 한 명이 용기를 내 물음을 던졌다.

"제 순검, 아무리 검찰부 소속이라지만 이렇듯 예고도 없이 불쑥 문을 열고 들이닥치는 것은 너무 무례한 것 아니오?"

되레 반문하는 제손권이다.

"너희가 지금 어떤 처지에 놓인 줄 아느냐?"

저마다 무슨 뜻인지 몰라 고개를 갸웃거리자 제손권이 재차 목소리를 이었다.

"잔혼각은 내일부로 문을 닫게 될 것이야. 천금각은 이미 정리하고 오는 길이다."

"그, 그게 무슨……?"

"염저가 이끌던 패거리는 이승을 떠났다. 청풍검문을 얕잡아 본 대가를 치른 셈이지."

"……!"

청천벽력 같은 소리에 잔혼각 무인들 모두 낯빛이 새파랗게 질렸다.

바로 어제까지 존자 반열을 넘볼 수 있는 무력을 갖추게 되었다고 호언장담했던 염저가 패사했다니, 정말이지 귀가 의심스러웠다.

"천금각 또한 생존자는 전무하다. 그러니 다들 헛된 희망은 버려라."

별안간 뒤쪽에 도열한 관졸들이 좌우로 갈라서자 그 사이로 번쩍이는 관복 차림의 중년 사내가 걸어 나왔다.

검찰부의 수장 합영달이다.

제손권이 정중히 한 걸음 뒤로 물러난 직후 합영달이 관인이 찍힌 공문을 펼쳐 보이며 큰 목소리로 또박또박 말했다.

"천금각과 잔혼각은 사리사욕을 꾀해 청풍검문을 상대로 피바람을 일으키려 했다. 그것은 곧 이곳 성도의 치안과 질서를 어지럽히는 범과이기에 본 감찰부는 천금각, 잔혼각을 강제 폐문시키기로 결정했다. 또한 두 곳이 소유한 각종 재산 일체는 안찰사의 감독 아래 어려운 민초를 돕는 일에 쓰일 것이니라. 끝으로 너희 모두는 폐문을 당하는 대신 갱생의 기회를 부여받게 될 것이다. 그 기회를 잡고 싶거든 이곳에 남고, 싫은 자는 당장 떠나도 좋다."

청천벽력 같은 소리에 삼백여 명 모두 넋이 나간 표정이었다. 그러다가 각자 눈치를 살피더니 그중 한 명이 손을 들고 물었다.

"합 대인, 그 기회란 것이…… 무엇입니까?"

"조만간 병졸 모집이 있을 것이니라. 만약 지원한다면 각주의 진전인 잔산팔로도법을 익히는 데 도움을 주도록 하마. 당연히 그렇게 기른 무력은 이 나라를 지키는 데에 사용해야 한다."

말을 마친 합영달이 턱짓을 보내자 제손권이 즉각 외쳤다.

"자, 지원자는 우측으로 모여 서라!"

하나 다들 선뜻 움직이지 못하고 우물쭈물한다.

합영달이 가볍게 혀를 차며 일렀다.

“검 교두의 특별한 청이 있었기에 이렇듯 선택의 기회를 주는 것이니 고맙게 여기거라. 그가 아니었으면 전원 안찰사로 압송해 버렸을 테니까.”

잔혼각 무리는 잠깐 고민하나 싶더니 마침내 우측으로 우르르 움직였다. 하지만 사십여 명은 군에 몸담는 게 내키지 않는 모양인지 제자리를 지켰다.

합영달이 지원자들 쪽을 향해 흡족한 미소를 흘렸다.

“잘 생각했다. 이는 너희 자신을 위한 반성과 참회의 길이니라. 부디 정심을 다해 나아가도록.”

그런 다음 부동자세로 반대 의사를 밝힌 자들을 보며 명령했다.

“너희는 군 지원을 포기했으니 따로 할 일을 주마. 그것을 수행한 다음엔 마음대로 살아도 좋다. 물론 악행을 일삼다가 우리 눈에 걸리면 그 즉시 처형되리란 것을 명심하고.”

“예, 알겠습니다. 그나저나 저희가 할 일이란 것은……?”

“천금각과 잔혼각의 정예 전력이 청풍검문에 의해 멸살을 당했다는 사실을 널리 퍼뜨려라. 만인이 알 수 있게끔.”

“예?”

“왜, 못 하겠나?”

“아, 아, 아닙니다! 말을 퍼뜨리는 거야 무어 어려운 일이라고…….”

"알았으면 냉큼 가 보거라."

합영달이 손을 내젓자 예의 사십여 명은 일제히 도망치듯 정문 밖으로 사라졌다.

"지부 나리…… 이번 사건을 굳이 세간에 알릴 필요가 있습니까?"

제손권의 나지막한 물음에 합영달이 턱을 쓰다듬으며 웃었다.

"허헛. 전부 검 교두의 뜻이네. 아마 이번 일을 계기로 청풍검문을 제대로 키우려는 모양이야. 잔혼각에 속해 있던 무인들 입을 통해 말이 나온 것이라고 알려진다면 보다 큰 관심을 끌게 될 테니……."

가만히 고개를 주억이던 제손권이 자못 진중한 낯빛으로 말했다.

"여하간 지부 나리께서 민초를 위하시는 마음에 탄복했습니다. 모시게 되어 영광입니다."

예전 자신의 상관이던 탁가우는 그렇지 않았다. 오직 한 몸의 영달을 위해 부정한 짓도 서슴없이 행하는 인물이었다. 그래서 더 비교가 되었다.

희미하게 웃은 합영달이 조용히 머리를 가로저었다.

"검 교두가 아니었으면…… 난 언젠가 자네 손에 포박되어 옥살이를 치렀을 것이네."

*　*　*

문짝이 부서져 버린 내실에 홀로 남아 있던 백리대약은 한참을 기다려도 아무도 나타나지 않자 조용히 신형을 일으켜 세우곤 밖으로 향했다.

시간은 어느덧 햇발이 서쪽으로 비스듬히 눕기 시작한 늦은 오후.

인적 없는 내원의 앞뜰로 나온 그는 새삼 속으로 감탄했다.

'과연 터가 넓긴 넓구나. 이 내원의 크기만 보더라도…….'

그 순간.

알 수 없는 기이한 기운이 몸에 와 닿았다.

뭐랄까, 보이지 않는 손이 자신을 이끄는 것 같은 느낌이었다.

'음?'

두 눈에 이채를 발한 그가 고개를 뒤돌렸다.

기운의 진원지.

내원 북쪽의 정당, 다름 아닌 검무영의 처소였다.

백리대약은 성큼성큼 걸음을 옮겨 정당의 계단을 밟고 올라 문을 열었다. 그러자 책상 옆에 모로 기대어 세워져 있는 칼 한 자루가 눈에 띄었다.

부용성군검이다.

'허어……! 저 검이 발하는 기운인가?'

그는 책상 가까이로 가 칼자루를 움켜 뽑았다.

스르릉.

짧은 검명과 함께 서늘한 예기를 발산하는 칼날이 모습을 드러내고.

'트, 틀림없이…… 신병이기로구나!'

호기심이 인 백리대약이 내공을 운용하자 돌연 검 주위로 부용 꽃잎 형태를 한 기파가 마구 퍼져 나왔다. 뒤이어 검술 구결 같은 문장이 칼날 표면 위로 떠올랐다.

"어억! 이, 이건……."

따아악—!

한 줄기 경쾌한 소리와 동시에 백리대약이 바닥에 털썩 쓰러져 기절했다.

검무영이 그의 뒤통수를 휘갈긴 붓대를 가볍게 흔들며 중얼거렸다.

"이 칼 도둑놈은 뭐야?"

*　　*　　*

천공을 물들인 진홍색 노을이 어느새 엷은 보랏빛으로 부드럽게 번지며 저녁을 불러들이려 한다.

푸른 비단을 펼쳐 놓은 듯한 연무장 바닥 위로 땅거미가 지는 가운데 하연설을 비롯한 적전제자 일동은 앞서 진천당가 일행이 떠난 직후부터 지금까지 줄곧 가부좌를 틀고 앉아 명상에 빠져 있었다.

다섯 명은 저마다 눈을 감은 채 머릿속으로 어젯밤 적을 상대로 휘둘렀던 검세를 반복해 떠올리며 시간의 흐름마저 잊은 상태였다.

검무영은 분명히 이 명상이 초식 수련의 하나라고 말했다.

그렇다는 것은 곧 여태껏 행해 온 일련의 수련과 마찬가지로 모종의 숨은 요체를 깨달아야만 다음 단계로 갈 수 있다는 의미이리라.

해서 다들 기억을 되짚고 또 되짚으며 검무영의 안배가 무엇인지 파악하고자 애를 쓰는 중이었다.

그런데…… 시간이 흐를수록 다들 한 가지 고민이 흉중에 똬리를 틀었다.

일련의 검세가 전부 기억이 나지 않은 까닭이다.

어떤 장면은 뇌리에 선명했고, 또 어떤 장면은 희미했고, 전혀 생각이 나지 않는 장면도 있었다.

흔한 일대일 비무였다면 모를까, 워낙 급작스럽게 다수의 적을 맞이해 싸운 탓에 기억의 흐름이 고르지 않았다.

하연설이 문득 초승달 같은 아미를 샐쭉 올린다.

'아무래도 이 수업의 핵심은…… 기억나지 않는 부분을 어떻게든 끼워 맞춰 하나로 연결되게 만드는 것이 아닐까?'

나머지 네 명 또한 그녀와 비슷한 추측을 하고 있었다.

만약 그렇다면 더 문제인데.

머릿속에 아예 남아 있지 않은 기억의 조각을 무슨 수로 되찾는단 말인가?

하나 검무영이 차후 다른 지시를 내리지 않는 한 이를 악물고 노력하는 수밖에 없다. 비록 그 가능성은 희박하지만 일단 할 수 있는 데까지 해 봐야 한다. 그래야 차후 결과에 대한 후회를 최소한으로 줄일 수 있을 테니까.

한편 평제자 육십여 명은 서로 조를 짜서 찌르기를 수련하는 중이었다.

지도자인 관궁이 도망치는 개새를 붙잡는 데 정신이 팔려 자리를 비웠기에 어쩔 수 없었다.

"휴우…… 이러다가 교두님한테 모조리 매타작당하는 거 아냐?"

"그러게 말이야. 뭐, 교관님 잘못이지 우리 잘못은 아니잖아?"

"하여간 교관님, 조교님은 저렇게 앙숙지간인데 도대체 어떻게 일백 년을 붙어 지내신 걸까?"

"그래서 정이 무섭다는 거야. 고작 몇 년을 함께 보내도 정이 생기는데 무려 일백 년 세월이니 그 정이 오죽 깊겠어? 미운 정, 고운 정, 말 그대로 온갖 종류의 정이 다 들었을 테니까."

범도 제 소리 하면 온다고 때마침 개새와 관궁이 연무장에 나타났다.

타타타타탓, 파파파파팟.

가히 번개처럼 내달리는 개새, 또 먹잇감을 노리는 맹수처럼 사납게 그 뒤를 쫓는 관궁.

둘 다 육안으론 담을 수조차 없는 쾌속한 경공술을 펼치며 요란한 풍성을 터뜨린다.

그러던 어느 순간.

흠칫 놀란 관궁과 개새가 일시에 동작을 멈추더니 허둥지둥 움직였다.

연무장 한옆으로 간 개새는 얼른 몸을 웅크리고 잠든 척을 했고, 관궁은 수업을 진행 중이던 것처럼 평제자들 곁에 서며 냉큼 검을 뽑아 들었다.

평제자 일동이 어리둥절한 표정을 짓자 관궁이 으름장을 놓았다.

"젠장, 저 망할 개 놈 때문에 시간을 너무 허비했다. 아무튼 너희들 잘 들어라. 난 농땡이를 친 게 아니야. 그러니까 검씨 놈이 나타나서 묻거든…… 끄아악!"

붓대의 기습.

어느새 곁에 모습을 드러낸 검무영이 무표정하게 혀를 찼다.

"나잇값을 해. 잔머리 굴리지 말고."

관궁은 인상을 쓰다가 검무영이 왼쪽 어깨에 기절한 백리대약을 지고 있는 것을 보았다.

'참, 저놈을 잠시 깜빡하고 있었구나.'

검무영은 신형을 옮겨 연무장 복판에 자리한 후 말했다.

"다들 집합해."

관궁과 평제자들, 적전제자들 모두 검무영 앞으로 우르르 모여 섰다.

때마침 신율도 연무장으로 발을 들여 집합한 곳에 다가와 섰다.

"조교, 가서 문지기들 불러와."

검무영의 명령에 잠든 척하고 있던 개새가 머리를 번쩍 쳐들더니 후다닥 달려 철문의 개구멍을 통해 밖으로 나갔다.

검무영이 이내 백리대약을 바닥에 눕히고는.

"이 칼 도둑놈, 정체가 뭐야?"

그러자 문도들의 눈길이 일제히 관궁의 얼굴로 쏘아졌다.

관궁이 어깨를 으쓱거리며 투덜댔다.

"쳇, 나도 잘 몰라. 대화를 막 시작하던 중에 저 개놈의 새끼가 열 받게 만드는 바람에…… 이름은 들었어. 백리대약이라더군. 뭐, 삼십여 년을 산속에 처박혀 있다가 개새를 만나 다시금 밖으로 나온 모양이야."

문도들이 어리둥절해 눈을 휘둥그렇게 떴다.

개새 때문에? 그건 또 무슨 소리야?

관궁이 그 일과 관련해 짧게 설명을 보태자 다들 어이가 없다는 듯 멍한 표정을 지었다.

'주화입마에 빠졌다가 조교님 도움으로 삼화취정을 이뤘다고? 허…….'

그래서 신령님이라 여기는 개새를 찾아 청풍검문으로 왔다는 소리인데.

검무영이 돌연 붓대를 휘둘러 백리대약의 가슴팍을 가볍게 툭! 치며 중얼거렸다.

"깨워서 마저 이야기를 나눠 보면 알겠지."

그때 철문이 열리며 개새와 흥청, 망청이 안으로 들어섰다.

검지를 까딱거리는 검무영.

이리 오라는 손짓을 본 흥청, 망청이 움찔하더니 뒤뚱뒤뚱 움직여 문도들 곁에 자리했다.

검무영이 대뜸 심드렁한 목소리로 일렀다.

"일 잘 보라고 팻말을 만들어 줬더니, 쯧. 앞으로 만두는 없다."

흥청, 망청이 절규한다.

"흐어엉."

"꾸웅."

그렁그렁 눈물마저 맺힌 듯한 침울한 표정.

"기회를 줄까?"

검무영의 그 말에 흥청, 망청이 반색하며 머리를 끄덕거렸다. 사람도 아닌 짐승 주제에 표정의 변화가 어쩜 그렇게도 다채롭고 명확한지…….

"삼 일 주마. 그 안에 문지기로서 완벽한 모습을 보인다면 다시 만두를 먹게 될 거다."

"크릉."

"흐으응."

대답한 흥청과 망청이 냅다 절을 올리더니 죽창을 힘차게 쥐고는 결연한 눈빛을 머금은 채 다시 철문 밖으로 향했다.

그 순간 백리대약의 눈꺼풀이 파르르 떨리더니.

"끄으응."

나지막한 신음과 함께 두 눈을 떴다.

머리를 어루만지며 정신을 가다듬던 그는 곧 자신을 향한 수많은 시선을 느끼곤 몸을 일으켜 세웠다.

검무영이 곧바로 물었다.

"노인장, 정체가 무엇이오?"

백리대약은 상대의 손에 들린 기다란 묵필을 보자마자 누구인지 퍼뜩 깨달았다.

'아! 그가 이곳의 문주 대행 교두로구나!'

그는 얼른 똑바로 자세를 갖추며 말했다.

"다들 반갑소. 정식으로 인사하리다. 이 늙은이는 과거 검륜수사라 불렸던 백리대약이오."

일순 신율의 눈동자가 급격히 커졌다.

"거, 검륜수사? 아니, 그럼 그대가 귀주삼검절 중 한 명인……?"

"쑥스럽지만 그렇소이다. 허헛."

하연설, 단선후 등 일동 전부 그 명을 듣고는 놀라움을 감추지 못했다.

귀주삼검절.

과거 귀주성 일대를 주름잡은, 너무나도 유명한 절정의

검도 고수들.

귀주삼검절의 명성은 그 당시 사천쌍벽이라 불린 혈수검왕 신율, 청풍검왕 어륜과 어깨를 나란히 할 정도로 대단했다. 게다가 검륜수사는 그 세 명 가운데 간결한 초식을 자랑하는 검술과 더불어 정파를 대표하는 의인으로 이름을 떨친 명망 높은 검수였다.

신율이 이내 자신을 소개하자 백리대약이 믿을 수 없다는 표정을 지었다.

"허어! 저, 정말로 혈수검왕이오?"

"그렇소."

"아니, 청풍검문은 도대체 어떤 곳이기에……."

분명 정파 무문인데 전대 사파의 패자인 사종검황에 이어 사천성 사파를 군림한 혈수검왕까지 몸담고 있다니, 정말이지 생각하면 할수록 불가해한 일이다.

검무영이 불쑥 말했다.

"느닷없이 때려 기절시킨 것은 미안하오."

순간 백리대약의 낯빛이 흠칫 굳었다.

'그, 그런……!'

자신이 정신을 잃었던 것이 검무영 때문이라니, 심지어 작은 기척조차 느끼지 못했는데. 설마 그 정도로 초절한 고수일 줄은 몰랐다.

검무영이 곧 부용성군검을 내밀어 보이며 물었다.

"아까 이 칼을 만지고 있던데, 혹시 과거에 어떤 인연이 있는 칼이오?"

그러자 백리대약이 안색을 고치며 되물었다.

"그 전에…… 부용성군검을 어찌 입수한 것이오?"

신율이 한 발 앞으로 나서며 검무영을 대신해 설명하자 백리대약이 놀라운 표정을 짓더니 진중한 목소리로 말했다.

"내가 예전에 은거를 한 이유도 부용성군검을 찾지 못한 탓이라오."

"그게 무슨 소리요?"

신율의 물음, 그리고 백리대약의 대답.

"부용성군검은 다름 아닌 사문의 조사께서 가지고 계시던 신물이었는데, 의문의 실종과 함께 그 검 또한 소실되었소. 그로 인해 사문 무학의 가장 중요한 요체도 명맥이 끊겨 버렸고……."

"사문의 조사라면……?"

"다들 한 번쯤 들어 보았을 것이오. 검군자라는 별호를."

검군자.

삼백여 년 전, 강호 최고의 검수 중 한 명으로 명성을 떨쳤던 인물.

"바로 조사되시는 분의 별호라오."

백리대약의 말에 신율을 비롯한 문도들 모두 놀란 입을 다물지 못했다.

관궁이 흥미롭다는 듯 입꼬리를 씩 올렸다.

"호오, 검군자의 무학을 계승한 후인이라……."

그때 검무영이 말했다.

"혹 사문 무학의 궁극의 요체가 부용성군검 속에 담겨 있는 것이오?"

백리대약이 가만히 고개를 끄덕거렸다.

"그렇소. 하나…… 부용성군검을 얻어도 문제라오. 사부님 말씀에 따르면 그 일련의 구결이 너무 난해하여 과거 조사께서도 말년에 이르러 비로소 완성하셨다고 하니……."

"깨달을 수 있게 도움을 주겠소. 뭐, 한 사흘 정도면 궁극의 요체를 자신의 것으로 만들 수 있을 거요."

검무영의 말에 백리대약이 눈을 크게 떴다.

"그…… 그게 무슨……?"

그러면서 상대의 표정을 살핀다.

아무리 봐도 장난을 치는 것 같진 않은데.

"저, 정말 그것이 가능하오?"

신율이 냉큼 그 말을 받았다.

"교두님께선 결코 지킬 수 없는 약속은 하지 않으시오."

찰나 경악실색하는 백리대약이다.

'원 세상에! 천하의 혈수검왕이 나이도 한참 아래인 자한테 교두님이라 존칭하다니…… 그렇다면 혈수검왕은 단지 식객으로 머물고 있는 게 아니라 이곳의 정식 문도란 말인가? 허어……! 혹시 무림 배분이 혈수검왕보다 높은 건가? 그, 그렇다면 나도 존칭을 써야 하나?'

이내 귓전에 와 닿는 검무영의 음성.

"도움엔 대가가 따르는 법."

그러자 백리대약이 조심스럽게 물었다.

"내게 바라는 게 있소? 아, 아니…… 제게 바라시는 게 있습니까? 검 교두님?"

검무영의 입가에 일순 엷은 미소가 맺혔다.

"마침 출범을 앞둔 청풍표국의 표두(鏢頭) 자리가 비는데……."

표두란 각종 표행(鏢行)을 나갈 때 휘하 표사들을 지휘하며 임무 완수를 전적으로 책임지는 높은 자리였다.

전국의 표국마다 그 지휘 체계가 조금씩 다르지만 현재 가용 인력이 많지 않은 청풍표국 내에선 국주 다음가는 지위나 다름 아니었다.

검무영의 말은 곧 조건부 입문 제안이다. 즉, 백리대약이 표두 자리를 맡는 조건으로 입문서에 지장을 찍지 않으면 어떤 도움도 줄 수 없다는…….

뜻하지 않게 선택의 갈림길에 선 백리대약은 선뜻 대답을 내뱉지 못했다.

의당 고민스러울 수밖에, 자신은 언젠가 다시 묘봉산으로 가서 사문의 명맥을 어어 나갈 터전을 마련해야 하니까.

하지만 청풍검문의 문도가 된다면 그 목표를 이룰 수가 없잖은가.

애당초 청풍검문을 찾은 이유는 개새를 신령님이라 여겨 사문 무학의 궁극의 요체를 깨닫기 위한 모종의 길을 구하기 위함이었을 뿐 이대로 영원히 머물 계획은 아니었다.

나이가 나이인지라 길어 봐야 몇 년, 그 정도로만 생각했다.

그러나 검무영의 제안을 수용해 입문서에 지장을 찍는 순간부터 남은 세월 동안, 아니, 죽기 전까지 청풍검문 문도로 살아야 한다.

물론 이곳에 머물며 제자를 거두어 사문 무학을 전수하는 것도 한 방법이리라. 그렇게 해서 후계가 묘봉산에 사문을 재건하게끔 맡겨도 될 것이다.

그래도 백리대약은 어떻게든 자신의 대에 목표를 이루고 싶었다.

지난 삼십여 년을 선도에 빠져 방황했기에 손수 사문의

명맥을 잇게 만들 토대를 쌓지 않으면 나중에 죽어서도 편치 않을 것 같았다.

검무영이 그런 심중을 간파한 듯 입을 열었다.

“내 제안이 내키지 않으면 부용성군검을 가지고 당장 떠나시오.”

그것 또한 백리대약으로선 선뜻 대답하기 힘든 부분인데.

검무영의 능력이 과연 어느 정도인지 짐작할 수 없지만 다른 사람도 아닌 혈수검왕 신율이 윗사람으로 섬길 정도라면 자신의 예상을 상회하는 수준일 것임이 분명하다.

그런 인물이 앞서 호언장담했다.

사흘 정도면 사문 무학을 완성시킬 마지막 요체를 깨달을 수 있을 것이라고.

재차 귓전에 와 닿는 무심한 목소리.

“내 말은 이곳에 영원히 머물라는 뜻이 아니오.”

“예? 그게 무슨 말씀인지……?”

백리대약이 뜻밖이라는 표정을 짓자 검무영이 손가락 세 개를 폈다.

“기한은 삼 년.”

“아……!”

“그 이후엔 아무 때나 떠나도 되오. 믿지 못하겠으면 입문서에 따로 조항을 써넣어도 괜찮소."

"지, 진심이십니까?"

그때 신율이 한마디 거들었다.

"참고로 난 국주를 맡고 있소이다. 그대가 향후 삼 년 동안 열심히 뛰어 준다면 청풍표국은 아마 중원 최고의 표국으로 이름을 날릴 수 있을 것이오."

백리대약은 묘한 두근거림에 휩싸였다.

'중원 최고의 표국…… 추구하는 바가 참으로 거창하도다. 과거 사천성 사파 무림을 제패한 강자답게 목표를 세우는 것부터 여느 무리와 다르구나.'

그 소리를 듣고 나니 자신이 힘을 보태 청풍표국의 위상을 한껏 높이는 것도 괜찮을 듯싶었다.

그래서 신율의 말마따나 청풍표국이 전역에 명성을 떨치게 만든다면 나중에 사문을 재건할 때도 그 경력이 여러모로 큰 도움이 될 것 같았다.

마침내 결심이 섰다.

청풍검문에 향후 삼 년의 세월을 바치기로.

조사인 검군자의 신물을 되찾은 것도 모자라 현재 능력으로 성취하기 힘든 일련의 공부마저 도움을 받아 깨달을 수 있다면 그깟 삼 년은 얼마든지 감내할 수 있다.

"입문서에 지장을 찍겠습니다!"

백리대약의 힘찬 목소리에 검무영이 넌지시 물었다.

"그 순간부터 삼 년 동안 내 아랫사람으로 지내게 될 텐데 괜찮겠소?"

"물론입니다. 이미 혈수검왕…… 아니, 신 국주님의 태도로 말미암아 교두님의 무림 배분이 높다는 것을 짐작한 터입니다. 편히 하대하십시오."

순간 신율이 너털웃음을 흘린다.

"어허헛. 맞소. 기실 당대 무림은 물론이고 그대의 조사되시는 검군자조차 무림 배분으로는 교두님 아래라오."

그 말에 백리대약은 물론이고 문도 전원이 크나큰 충격을 받은 듯 넋 나간 눈빛으로 검무영의 얼굴을 물끄러미 바라보았다.

하연설은 나지막한 감탄의 소리와 함께 속으로 중얼거렸다.

'세상에! 검군자보다도 무림 배분이 높다고? 허, 도대체 누구를 사사했기에…….'

검무영의 정체에 대한 또 하나의 단서를 얻었지만 여전히 알 수 있는 건 아무것도 없었다.

바로 그때 관궁이.

"키키킥, 저런 병신."

찰나 신율이 아뿔싸! 하며 낯빛이 하얗게 탈색되었다.

"주둥이가 너무 가벼워, 노땅."

입꼬리를 올린 검무영이 묵필을 움킨다.

"교, 교, 교두님! 죄송합니다! 실수로 그만……."

"괜찮아. 벌 받으면 되니까."

동시에 신율 앞으로 다가선 검무영의 팔이 쾌속하게 움직였다.

퍼버버버버벅!

매타작을 당한 신율은 그대로 땅바닥에 힘없이 나부라지고 말았다.

그것을 본 백리대약은 등골이 오싹했다.

'어억! 저, 저럴 수가……! 혈수검왕이 피할 생각도 못 하다니…….'

직후 철문이 열리며 초등생 상급반 무리가 우르르 발을 들였다. 그들 모두 오늘은 특별히 연무장이 아닌 청풍검문 외곽을 돌며 몸만들기 수련을 진행했다.

연무장 둘레와 비교도 안 되는 거리를 뛴 탓에 평소보다 더 지친 기색이다.

검무영은 성큼성큼 걸음을 옮기더니 초등생들 상대로 붓대를 휘두르기 시작했다.

퍼버버버벅, 퍼버버버버벅!

차례로 맞고 기절하는 초등생들.

백리대약이 다시 한 번 기겁하다가 이내 하연설 등의 반응을 살피곤 의아해했다.

'허! 다들 아무렇지 않은 기색이잖아? 설마 늘 있는 일이란 말인가?'

순식간에 초등생 상급반을 모조리 기절시킨 검무영은 이내 관궁 곁으로 와 서더니 무심하게 일렀다.

"너도 금 같은 시간을 허비했으니 의당 벌을 받아야지?"

관궁이 움찔한다.

"버, 벌이라고?"

"그래. 너와 평제자 일동은 내일 특별히 자정까지 수업을 진행하도록."

동시에 울상이 되어 버린 평제자들.

'자, 자정까지? 하아, 이런 망할……!'

이어지는 검무영의 심드렁한 목소리.

"내일 지정한 시간 내에 어떠한 진전도 보이지 못하면 모조리 초등생 하급반으로 강등이다. 그리고 애늙은이 넌 다시 한 번 개새 아래가 될 거야."

돌연 개새가 신나게 꼬리를 흔들었다.

"멍! 멍!"

좋아, 좋아! 왠지 그런 반응 같은데.

아니나 다를까 발끈한 관궁이 소리친다.

"닥쳐, 이 똥개! 그리고 너 이 새끼, 너무하잖아! 걸핏하면 저 개 놈을 가지고 날 골리려 들…… 으악!"

붓대로 관궁의 정수리를 때린 검무영은 곧 저편으로 신형을 옮겼다.

뎅, 뎅, 뎅…….

일과의 끝을 알리는 종소리가 울리는 가운데.

백리대약은 멀어지는 검무영의 뒷모습을 눈에 담으며 들릴 듯 말 듯한 음성을 흘렸다.

"이곳 문도가 되는 게…… 과연 잘한 결정일까?"

* * *

이틀 후.

당효악은 집무실에 턱을 괴고 앉은 채 고민스러운 표정을 짓고 있었다.

'흐음, 오늘 내로 검 교두가 내세운 조건을 이행해야 하는데…….'

그때 당씨 삼형제가 문을 열고 안으로 들어섰다.

"당도했느냐?"

장남 당한준이 고개를 가볍게 숙이며 대답했다.

"예, 일단 객당에 대기하고 계십니다."

직후 차남 당한유가 이마를 긁적이며 난감한 표정을 지었다.

"저기, 그런데…… 정말 이래도 괜찮을까요?"

당효악이 실소 비슷한 웃음기를 머금으며.

"현재로썬 어쩔 수 없지 않으냐. 달리 선택권이 없으니…… 우선 검 교두가 가진 그 정보가 반드시 필요하고, 나아가 청풍검문과의 동맹도 필히 성사되어야 하니까."

그에 세 아들이 저마다 머리를 주억였다.

자리에서 일어난 당효악이 이내 문밖으로 향하며 목소리를 이었다.

"한준과 한유는 날 따라오거라."

"예."

"그리고 한림아. 넌 어서 객당으로 가서 그들을 데리고 오너라."

"알겠습니다."

진천당가 내 서북쪽에 위치한 옥우.

다름 아닌 대장로 신수야장 당능통의 처소였다.

내실로 든 당효악과 당한준, 당한유는 탁자를 사이에 두고 당능통과 얼굴을 마주하고 앉았다.

당효악이 청풍검문에서 있었던 일을 상세히 보고하자 당

능통은 놀라움을 감추지 못했다.

'허엇…… 사종검황과 파초대마후? 게다가 그 똥개는 금강불괴마저 이뤘어? 대관절 그 검 교두란 작자는 정체가 뭐란 말인가!'

두 귀로 듣고도 믿기지 않는 말들.

당효악이 진중한 눈빛으로 입을 열었다.

"청풍검문과 동맹을 맺고 검 교두로부터 적이 머물고 있는 곳으로 예상되는 지형과 풍경의 그림을 얻으려면 한 가지 조건을 들어 주어야 하는데…… 숙부님 동의가 꼭 필요합니다."

"내 동의라고?"

"예."

"흠, 어디 말해 보거라."

"청풍검문의 보수 작업입니다. 이번에 무너져 버린 담장을 비롯해 그곳 경내 모든 시설의 전면적인 보수 작업…… 괜찮으시겠습니까?"

당능통은 이미 예상했다는 듯 수염을 쓰다듬으며 말했다.

"끌…… 내 그럴 줄 알았다. 다소 성가시긴 하나 동맹을 성사시키고 적의 실체를 파악하는 데 도움이 된다면 이 늙은 몸의 수고로움이 무어 대수이겠느냐?"

"아, 그렇게 말씀해 주시니 감사합니다."

"소중한 혈족을 잃었느니라. 원한을 풀 수만 있다면 그깟 보수 작업이 아니라 그 이상의 일도 얼마든지 해 줄 수 있다."

당문신보대 제사소대를 이끌던 당월도의 죽음을 의미하는 말이었다.

"옳은 말씀입니다. 기실 이번에 청풍검문으로 가시면 꽤 오랜 기간 머물게 되실 것입니다. 왜냐하면 검 교두가 내세운 조건이…… 보수 작업 그 이상을 요구하는 것이기 때문입니다."

"무어라?"

갑자기 당효악이 품에서 종이 한 장을 꺼내 펼쳤다.

동시에 당능통의 동공이 급격히 흔들리고.

"이, 이게 무슨……."

눈동자로 들어와 박히는 일련의 글귀.

<대장로 당능통은 향후 삼 년 동안 청풍검문의 임시 문도가 되어 교두의 명을 성실히 이행할 것을 맹세한다. 그리고 기한이 다 되었을 시 진천당가로부터 별도의 요청이 없는 이상 자동으로 삼 년 연장되는 것에 동의한다.>

"미, 미친……! 나더러 청풍검문 문도가 되라고?"

당효악이 기겁한 찰나 당한준, 당한유가 신속히 움직여 그의 두 팔을 꽉 붙잡았다.

"죄송합니다! 숙조부님!"

"한 번만 눈 딱 감고 희생해 주십시오! 그러면 저희가 반드시 적을 찾아 복수를 이루겠습니다!"

"놔라! 어서 놔라, 이놈들아! 아무리 그래도 그렇지……."

당효악이 얼른 말을 보탰다.

"검 교두의 도움이 없으면 적의 실체를 찾는 데 많은 시일이 걸릴 것입니다. 만약 숙부님께서 완강히 거절하시어 동맹이 성사되지 못하고, 또 그사이 적이 도망쳐 숨어 버리기라도 한다면 곤란하지 않겠습니까? 숙부님께서도 그건 절대 바라시는 일이 아니리라 믿습니다."

"윽! 그야 물론 그렇지만……!"

그때 밖에서 여러 사람의 기척이 들리나 싶더니.

드르륵.

문이 좌우로 열리며 당한림이 발을 들였다. 곧이어 운몽향아와 개새도 모습을 드러냈다.

허리에 걸린 기다란 핏빛 주걱을 본 당능통의 낯빛이 새파랗게 질렸다.

'억! 파초대마후……?'

생긋 웃은 운몽향아가 말했다.

"반가워요, 신수야장. 난 청풍검문 영양사인 운몽향아라고 해요. 그리고 여긴 교두님 대행으로 온 개새 조교님이시고요."

순간 당능통은 기가 막혔다.

무시무시한 파초대마후의 존재는 둘째 치고 똥개가 교두대행이라고? 이 무슨 개뼈다귀 같은 소리인가?

별안간 개새가 탁자 위로 폴짝 뛰어올라 한쪽에 놓인 벼루에 발바닥을 문지르더니 예의 문서 위로 족장을 콱! 찍었다.

개 발가락 모양을 한 선명한 먹물 자국.

당능통은 한층 경악하며 몸을 마구 바동거렸다.

"으아, 으아아! 놔라, 놓으라고!"

그러자 운몽향아가 가까이로 와 그런 당능통의 손목을 붙잡았다.

"자, 이제 그대가 지장을 찍을 차례로군요. 호홋."

"지, 지장은 개뿔……! 으아악! 사람 살려!"

"아이, 너무 그렇게 저항하지 말고요."

"싫어, 싫다고! 크아악!"

당능통이 고함을 지르며 발광하자 운몽향아가 대뜸 주걱

을 뽑아 들더니 뺨을 갈겼다.

짜아악!

그대로 시체처럼 힘을 잃고 축 늘어져 버리는 당능통이다.

당한준, 당한유가 붙잡았던 팔을 놓자 운몽향아는 기절한 당능통의 손바닥에 먹물을 묻혀 서둘러 지장을 찍었다.

마침내 당능통의 희생으로 말미암아 청풍검문과 진천당가의 동맹이 성립되는 순간이다.

당효악이 걱정스러운 눈빛으로 당부했다.

"아무쪼록 잘 보살펴 주시기 바랍니다."

"네, 아무렴요."

운몽향아의 말이 끝나기가 무섭게 개새가 후다닥 움직여 당능통의 바지 자락을 덥석 물곤 밖으로 질질 끌고 나갔다.

당효악과 당씨 삼형제가 화들짝 놀랐다.

"제발 조심해 주십시오! 연세가 많으십니다."

개새가 순간 아차! 하는 눈빛을 띠더니 돌연 꼬리를 팽그르르 회전시켰다.

당능통을 문 채 허공으로 둥실 떠오르는 몸뚱이.

그렇게 개새는 청풍검문이 위치한 방향으로 새처럼 빠르게 날아갔다.

당효악 등은 저마다 혼이 빠진 표정으로 하늘 저 멀리 까만 점이 되어 버린 개새를 바라보았다. 이미 검무영을 통해 들어 알고 있었지만 막상 직접 목도하니 머릿속이 멍했다.

이내 삼남 당한림이 낮게 중얼거린다.

"갖고 싶다. 저 개……."

第二章

마침내 눈을 뜨다

청풍검문의 문도, 그리고 청풍표국의 표두로 새 삶을 시작하게 된 백리대약은 예정대로 어제부터 검무영의 도움을 받아 부용성군검 내에 담겨 있는 사문 무학의 궁극의 요체를 깨달아 나가는 중이었다.

백리대약의 조사 검군자가 나이 오십 줄에 이르러 귀주성 묘봉산에 창건한 문파의 명은 명천검파(明天劍派).

검군자의 검학은 공칭 '명정십로검식(明正十路劍式)'으로 초장의 검식은 누구라도 쉽게 익힐 수 있지만 중장의 검식부터 구결이 난해하여 일련의 초식 요체를 깨닫기가 무척 힘들었다. 게다가 종장은 오직 계승자만 익히는 게 가능했다.

종장의 구결, 즉 궁극의 요체는 검군자의 신물인 부용성군검 안에 숨어 있었다. 또한 그것은 일문을 책임질 후계한테 전하는 특별한 심법을 대성하지 않는 이상 알 방도가 없었다. 그래서 만약 다른 사람이 그 종장의 구결을 탐내 부용성군검을 손에 넣는다고 해도 부질없는 짓이었다.

과거 검군자는 종장의 검식을 삼분지 일가량 깨달은 상태만으로도 천하에 이름을 떨쳤다.

그가 종장의 구결을 완벽히 습득한 것은 무려 칠순을 앞둔 때였다. 그로 인해서 후계를 정하는 시기도 자연히 늦어지게 되었다.

검군자의 진전을 계승한 사람은 바로 명천검파의 이대 사조 의천검자(義天劍子).

그렇듯 스승인 검군자를 통해 종장의 검식을 하나씩 깨우쳐 나가던 의천검자였는데…… 어느 날 갑자기 크나큰 불행이 닥쳤다. 아니, 그를 포함한 명천검파 전체에 불행이 닥쳤다.

급한 용무가 있다며 출타한 검군자가 그 날 이후로 실종되고 말았기 때문이다.

문중 사람들 모두가 검군자의 행방을 찾고자 대대적인 수색 작업을 벌였지만 아무런 소득이 없이 몇 해가 허무히 지나가 버렸고, 사문을 이끌어야 할 의천검자는 실의에 빠졌다.

스승인 검군자와 함께 신물인 부용성군검도 행방불명된 탓에 명정십로검식의 종장을 온전히 습득할 방도가 전무했으니까.

그나마 불행 중 다행인 점이라면 부용성군검 내에 담겨 있는 종장의 구결을 깨닫는 데 반드시 필요한 독문 내공 심법을 극성으로 터득해 놓았던 것.

사문의 앞날이 걱정된 의천검자는 심기일전해 후계를 정한 후 자신이 아는 모든 것을 전수하고서 숨을 거뒀고, 명천검파는 온전치 못한 명정십로검식을 익힌 장문인이 대를 이으며 그 명맥을 유지했다.

하나 장문인의 능력은 후대로 갈수록 퇴보했고, 그런 와중 각종 분쟁에 휘말리며 끝도 없는 쇠락의 길을 걷게 되었다. 그리고 묘봉일검호(卯峯一劍豪)란 장문인 대에 와서는 적전제자가 고작 한 명뿐이었다.

그 한 명이 바로 백리대약이었다.

묘봉일검호를 사사한 백리대약은 재능이 남달라 겨우 스물두 살에 사문의 이조(二祖)인 의천검자가 남긴 진전을 완벽히 터득했다. 그리고 사부인 묘봉일검호가 이승을 떠난 뒤 강호로 나와 활동하며 귀주삼검절 반열에 이름을 올렸다.

기실 백리대약의 목표는 하나였다.

부용성군검을 되찾지 못하더라도 자신의 힘으로 명정십로검식의 종장을 새로이 구성하는 것.

하나 일은 뜻처럼 쉽지 않았다.

온갖 비무를 통해 경험을 축적하며 명정십로검식을 제 방식대로 완성해 보이고자 노력했으나 그 해법을 찾기는커녕 갈수록 난관에 봉착했다.

결국 애꿎은 시간만 허비한 꼴이었다. 그리고 일신의 재능을 너무 과신했음을 뒤늦게 뉘우쳤다.

차라리 그런 식으로 세월을 보내지 말고 제자나 문도를 거두어 꾸준히 가르쳤더라면 좋았을 것을, 하는 후회마저 들었다.

허탈감과 상실감에 빠진 그는 문득 무림에 싫증을 느껴 될 대로 되라지 하는 자포자기의 심정으로 수년 동안 술에 절어 지냈고, 그러다가 결국 사문의 무도를 저버리고 선도로 선회해 깊은 산중으로 발을 들였다.

솔직히 우화등선을 앞뒀을 당시까지 사문의 유업은 완전히 끝이라 여겼다.

그냥 속세의 모든 것을 털어 버리고 생을 마감한 채 하늘로 올라 신선이 되기만 바랐다.

한데.

느닷없이 개새와 조우한 것이 전환점이 되었다.

예상치 못한 그 만남이 검무영과 인연을 맺게 만들며 다시금 희망의 빛을 안겨 주었으니…….

백리대약은 첫날부터 경악의 연속이었다.

부용성군검에 안배된 종장의 구결은 검군자가 남긴 독문 내공 심법을 익힌 사람만 볼 수 있는데, 검무영이 내공을 운용하자 칼날 표면 위로 일련의 문장이 선명히 떠올랐기 때문이다.

그게 끝이 아니었다.

백리대약으로선 선뜻 이해하지 못할 난해하기 그지없는 구결을 정확히 해석한 것은 물론이고 직접 종장의 여러 검초를 시전까지 해 보였다.

비록 조사인 검군자가 펼치는 검을 본 적은 없지만 그가 만약 살아 있다면 저렇게 하지 않았을까, 라는 생각이 들 만큼 감탄스러운 동작이었다.

난생처음 느끼는 짜릿한 전율.

정말이지 십 년이 아니라 수십 년 묵은 체증이 내리는 시원한 기분이랄까.

그 기쁨이란 이루 형언하기 힘들었다.

마음은 기쁜데…….

반대로 몸은 너무나 괴로웠다.

왜?

검무영이 도움을 주는 방식이 아주 혹독했기에.

말이 좋아 도움이지 그냥 무지막지한 구타 일변도였다.

때리고, 때리고 또 때리고.

실지 머리끝부터 발끝까지 붓대에 의해 충격을 받지 않은 곳이 없었다.

전신의 요혈만 골라 휘갈기는 모진 손속 앞에 나이도 잊은 채 눈물을 흘리며 통성을 마구 뿜었다.

일각 남짓한 시간을 두드려 맞고 기절하면 개새가 얼른 와서 얼굴을 핥아 추궁과혈로 깨웠고, 그런 다음 검무영의 설명을 듣고 검초를 펼치며 요체를 자신의 것으로 만들었다. 어제 하루 종일 그 괴로운 과정이 되풀이되었다.

오늘도 마찬가지였다.

정오 무렵의 환한 햇살 아래 연무장 한옆에 자리한 채 매타작을 당하고 정신을 차리기를 수십 번도 넘게 반복했다.

참 신기한 점은 실컷 맞고 난 다음 기절했다가 눈을 뜰 때마다 온몸이 허공으로 떠오를 듯이 가볍다는 것이었다.

그 영향인지 기해혈이 확장되며 일신의 내공도 점차적으로 상승했고, 전신의 기맥과 혈맥도 새롭게 단련이 되어 운기가 한층 빠르게 변했다. 그리고 검초의 운용 또한…….

퍼버버버벅, 퍼버버버버벅—!

끔찍한 매타작 소리가 연무장을 떨쳐 울리고.

찹찹, 찹찹, 찹찹…….

개새의 혓바닥이 혼절한 백리대약의 노안을 핥아 댄다.

바로 효과가 나타났다.

"으음……."

나지막한 소리와 함께 정신이 든 백리대약은 이내 검무영의 가르침을 따라 검초를 펼쳐 낸다.

쉬익, 쉬이익, 쉭—!

시간이 가면 갈수록 일련의 검로가 간결한 궤적을 그리고 있었다. 조금씩 완성의 길로 향하고 있다는 증거였다.

그것을 본 검무영이 어깨를 으쓱거리며 일렀다.

"순조롭군. 내일 안으로 완전히 깨우칠 수 있겠어."

그의 칭찬에 손속을 멈춘 백리대약이 허리를 굽혀 감격한 목소리를 발했다.

"교두님, 정말 감사합니다! 비록 배우는 과정이 고통스럽긴 해도…… 제 가슴을 꽉 채운, 이루 형언하기 어려운 성취감이 그 아픔마저 감싸고 드는군요."

"그래?"

"예! 이렇게 해서 궁극의 요체를 제 것으로 만들 수만 있다면 설사 팔 한 짝을 잃는다고 해도 후회하지 않을 것입니다."

"알았어. 그럼 이번엔 팔 한 짝을 잃는 것처럼 아프게 때려 주지."

그 말에 백리대약이 움찔 질겁했다.

'헉! 아, 아니…… 말이 그렇다는 것이지…….'

하나 이미 늦었다.

붓대가 몸 구석구석을 세차게 두드린다.

퍼버버버버버버벅……!

백리대약은 그대로 바닥에 쓰러지며 노구를 부들부들 떨었다.

"끄헉, 끄허억……."

즉사할 수도 있는 요혈만 골라 때린 까닭에 그 고통은 뭐라 말로 표현할 수조차 없을 정도인데.

그때 흐릿한 시야로 개새가 꼬리를 흔들며 다가오는 것이 보였다.

'끄으…… 또?'

별안간 귓전에 들리는 검무영의 심드렁한 목소리.

"요번엔 좀 심하게 때렸는데 내공 수위가 높아져 완전히 기절하지 않았군. 좋은 현상이야. 자, 특별한 추궁과혈이 필요할 것 같다."

"멍, 멍!"

개새가 머리를 끄덕이더니 다짜고짜 혀를 내밀어 상대의

입술 위에 밀착했다.

백리대약은 정신을 잃어 가는 가운데 소름이 오싹 끼쳤다.

'어억! 이…… 입술은 안 돼!'

찹찹찹찹, 따뜻한 혀가 침범해 들어온다.

허연 수염이 덮인 입술을 헤집으며.

'제발 하지 마! 그, 그만해! 강제로 내 입을 벌리지 말라고! 꾸억…….'

거짓말처럼 정신이 또렷해지고.

순간 입술 사이로 흘러나오는 한 줄기 신음.

"앗흥……."

한편.

하연설을 비롯한 적전제자 일동은 가부좌를 틀고 앉아 명상에 빠져 있었다.

도무지 끝을 알 수 없는 수련.

머릿속에 남아 있지 않은 기억의 조각을 맞춰야 하는데 아무리 애를 써도 그 해법이 보이지 않았다.

그러던 어느 순간, 지그시 감긴 하연설의 눈꺼풀이 미세한 떨림을 자아냈다.

불현듯 뇌리를 스친 한 생각 때문이다.

'막연히 명상만 할 게 아니라 내공을 운용해 볼까?'

그녀는 일전 목검 수련 때 겪었던 괴이한 경험을 상기했다.

운기 도중 뇌천에 자리한 어떤 투명한 문이 한껏 개방되는 느낌과 동시에 다른 네 사람과 기감이 하나로 연결된 듯하던 괴현상…….

뒤이어 선우경리가 자신의 방에서 건넸던 말도 머릿속을 맴돌았다.

—제가 생각하기엔 하 사저의 상단전이 어떤 신비로운 묘용을 발휘한 것 같아요. 그리고 그 힘이 주변에 영향력을 끼친 거죠.

'만약 내 상단전이 정말로 특별한 묘용을 발휘하는 것이라면…… 그 괴현상을 통해 기억을 하나로 맞추는 데 어떤 실마리를 찾을 수 있지 않을까?'

검무영은 이번 수업과 관련해 내공의 운용 여부에 대해 아무런 말도 없었다. 그렇다면 한번 시도해 보는 것도 나쁘지 않을 듯싶었다.

'어차피 지금 길이 안 보이잖아! 일단 할 수 있는 것은 전부 시도해 보는 수밖에 없어!'

결심이 선 하연설은 신속히 하단전을 돌려 내공을 이끌어 냈다. 그리고 기의 흐름을 중단전과 상단전 쪽으로 집중시켰다.

시간이 얼마나 지났을까.

'아!'

하연설의 아미가 살짝 올라갔다.

저번처럼 돌연 뇌천이 시원하게 트이는 것 같은 느낌이 엄습한 까닭이다.

'그때랑 똑같아!'

이내 그녀의 뇌천으로부터 새하얀 빛살이 뿜어져 나와 여러 가닥으로 나뉘더니 다른 네 명의 뇌천과 연결되었다.

동시에 단선후, 마봉 등도 예의 빛살이 와 닿는 것을 느꼈다.

'이것은 하 사저의……?'

그들은 어떤 직감에 이끌려 일제히 내공을 이끌어 내기 시작했다.

그 직후.

놀라운 변화가 일어났다.

눈을 감은 다섯 명 모두 머릿속으로 잔혼각 무리를 맞이해 싸우던 치열한 현장이 입체적으로 펼쳐진 것이다.

마치 그 시간으로 다시 되돌아간 듯이.

칼날이 시끄럽게 부딪치는 소리, 사방에 흥건한 핏물, 그리고 바닥에 널브러진 시신들.

포학대도 함사걸과 잔혼십도, 흉악도랑 부간, 낭아도 서막 등 잔혼각의 주요 고수를 맞상대하던 일련의 장면이 각자의 머릿속에 고스란히 펼쳐지고 있다.

그때 그 광경과 똑같았다.

흡사 현실인 양 너무나도 생생했다.

혈투가 난무하는 전장의 긴박함이 고스란히 피부에 와 닿자 하연설을 비롯한 일동은 저마다 눈을 감은 채로 신형을 흠칫거렸다.

'이것은 분명 기억 속의 잔상일 텐데……!'

야간 실습을 재차 경험하는 것 같은 묘한 기분이다.

뒤이어.

불가해한 현상이 일어났다.

예전 감각을 공유하는 듯하던 느낌에서 더 나아가 머릿속을 맴도는 기억의 잔상이 서로 연결되며 반투명한 환영으로 겹쳐 보이기 시작한 것이다.

그렇듯 어지럽게 교차된 환영은 곧 하나의 또렷한 장면으로 화해 다섯 명의 머릿속에 새로이 자리를 잡았다.

'이럴 수가!'

정말이지 경악스러운 경험이었다.

각기 다른 기억의 잔상이 합쳐지다니, 어떻게 이런 일이 가능하단 말인가.

예상치 못한 현상에 적전제자들은 자못 당황했지만 현재 내공을 운용하는 중이라 심기가 흔들리지 않게 정신을 집중했다.

중도에 자칫 진기의 흐름이 흐트러지기라도 한다면 기맥에 내상을 입거나 주화입마에 빠질 수도 있으므로 경각심을 늦추지 않았다.

약간의 시간이 흐른 후.

심기를 정돈한 일동의 머릿속에 동일한 환영이 그림첩을 넘기는 것처럼 차례로 지나가며 적을 상대로 휘두르던 검세가 이전보다 선명히 뇌리에 각인되었다. 하지만 간혹 연속된 장면 속에서 시커먼 장막 같은 것이 나타났다가 사라졌다. 또 어떤 장면은 뚝뚝 끊기며 부자연스러운 흐름을 보였다.

그것은 다름 아닌 심념의 빈틈, 즉 잔상조차 남아 있지 않은 기억의 공백이다.

하연설의 문득 미간을 살짝 찌푸렸다.

'현재 우리의 모든 감각과 기억은 하나로 연결된 상태…… 그러니 저것은 내가 기억하지 못하는 부분일 수도 있고 다른 사람이 기억하지 못하는 부분일 수도 있어. 장면을 처음으로 되돌려 순서대로 다시 짚어 나가 볼까? 그런 식으로 반복하다 보면 잠재된 의식 속에 깃든 알지 못하는 기억의 조각이 떠오를 가능성도 있으니…….'

그녀는 생각과 함께 기억의 방향을 바꿨다. 그러자 시간의 흐름을 따라 지나가던 예의 환영은 안개처럼 흩어졌고, 곧 잔혼각과 일정한 간격을 두고 대치했을 때의 장면이 재현되었다.

기억의 잔상이 반복된다.

한 번, 두 번, 세 번…….

그렇게 십여 번을 반복했을 때 마침내 시커먼 장막이 걷히나 싶더니 이내 흐릿한 잔상으로 변했다.

효과가 있다는 증거.

'아! 됐어! 각자의 잠재된 의식 속 기억이 조금씩 떠오르고 있는 것이 분명해!'

하연설이 확신한 찰나 상단전으로부터 뭔가 강하게 소용돌이치는 것을 느꼈다. 그와 동시에 뇌천의 새하얀 빛살이 한층 강하게 뿜어져 나왔다.

비로소 완벽히 이어진 기억의 잔상들.

여태껏 암만 애를 써도 생각나지 않던 몇몇 장면이 또렷하게 드러나 기억의 공백을 빠짐없이 메워 버린 것이다.

덕분에 다섯 명은 적을 상대로 휘둘렀던 검세 전부를 순서대로 정확히 뇌리에 새겨 넣으며 등골을 훑는 전율에 몸을 떨었다.

검무영의 수업 방식에 감탄하지 않을 수 없었다. 그가 만약 이 모든 결과를 예상하지 못했다면 애초에 명상을 지시하지도 않았을 테니까.

'자, 바라던 것을 얻었으니 이제 그만…….'

하연설은 상단전의 알 수 없는 작용을 멈추고자 내공을 갈무리하려 했다.

그런데.

'어?'

의지와 다르게 운기를 멈출 수가 없었다.

몇 번 더 시도해 봤지만 허사였다. 이미 체내에 흐르는 내력은 자신의 제어를 벗어난 상태였다.

'왜 이러지? 아, 안 돼! 이러다가는…….'

일순 내상의 공포가 엄습해 온다.

단선후, 마봉 등 나마지 네 명 역시도 하연설과 마찬가지로 운기를 멈출 수 없었다. 고삐 풀린 황소처럼 아예 말을 듣지 않았다.

서로 감각을 공유한 상태라 저마다 내공을 제어할 수 없다는 것을 느끼고 있었다.

순간 그들 뇌리를 스치는 생각.

앞서 모든 불가해한 현상을 주도한 것은 하연설의 상단전…… 아마도 그것이 원인이 아닐까?

별안간 하연설은 자신의 상단전에서 소용돌이치는 기이한 기운이 한층 빨라지고 있음을 감지했다.

아니나 다를까 그 영향인지 일신의 내공이 주요 기맥을 따라 세차게 흘렀고, 다른 네 명 또한 마찬가지였다.

'으윽!'

적전제자 일동은 뜨끔거리는 통증과 함께 머릿속이 아득해졌다. 한데 그 와중에 납득하기 힘든 건 기해혈이 급격히 확장되며 내공이 급속도로 증가하고 있다는 것이었다.

찌릿한 고통과 시원한 쾌감이 한꺼번에 뇌리를 파고드는 느낌.

바로 그때.

"아직 그 단계는 무리야."

검무영의 음성이 귓전에 와 닿기가 무섭게 한 줄기 바람 같은 기운이 적전제자들 몸통을 쓸고 지나갔다. 그러자 각자의 뇌천을 통해 연결된 빛살이 거짓말처럼 소멸해 버렸다.

"윽!"

"끄으읏……."

"커헉!"

하연설, 단선후 등은 누가 먼저랄 것도 없이 외마디 비명을 지르며 각혈하곤 그대로 정신을 잃었다.

결국 내상을 입은 것인지…….

이내 그들 곁으로 온 검무영이 허리 옆에 붓대를 꽂아 넣으며 희미한 미소를 흘렸다.

"하여간 발전 속도가 빨라도 문제라니까."

질세라 개새가 후다닥! 뛰어오더니 검무영을 올려다보며 짧게 짖었다.

"멍, 멍멍!"

"네 추궁과혈이 필요한 때가 아니다."

하나 개새는 적전제자들 상태가 걱정스러운지 '끼잉' 하며 소리를 낸다.

"상단전으로 인해 깃든 내상이라 급히 깨우면 더 위험해."

개새가 '아!' 하는 표정으로 두 눈을 동그랗게 뜨더니 알겠다는 듯 머리를 가볍게 끄덕였다.

고개를 뒤돌린 검무영이 손짓을 보내자 백리대약이 서둘러 가까이에 자리해 섰다.

"애들 전부 처소로 옮겨 눕히도록."

"알겠습니다."

순간 개새가 꼬리를 살랑살랑 흔들더니 백리대약을 향해

입꼬리를 씰룩 올리며 혀를 날름거렸다.

"욱……!"

저도 모르게 나오는 헛구역질.

개새의 혀가 입속을 침범해 오던 그 끔찍한 순간이 다시금 머릿속에 떠오른 탓이다.

검무영이 피식 웃으며 일렀다.

"괜찮아. 몇 번 더 하면 익숙해질 거야."

동시에 백리대약이 경악실색했다.

'며, 몇 번 더? 그런……!'

개새가 재차 혀를 날름거리며 짖는다.

"멍!"

"우웩! 우웩엑!"

*　*　*

"끄응……."

나지막한 신음과 함께 눈을 반쯤 뜨는 당능통.

이윽고 초점을 찾은 동공으로 주변 경물이 또렷이 들어와 박혔다.

어느 내실이다.

그것도 아주 생소한…….

고개를 절레절레 흔든 그는 이내 정신을 잃기 전 마지막 기억을 떠올리며 울상을 지었다.

'망할, 청풍검문이구나!'

그때 문이 열리며 한 인영이 발을 들였다.

운몽향이다.

순간 당능통은 가슴이 철렁했다.

'어억! 파, 파초대마후……!'

생긋 눈웃음을 친 운몽향이가 물었다.

"정신이 좀 들어요?"

동시에 당능통이 침상으로부터 벌떡 일어나 두 손을 공손히 모으며 깍듯한 예를 갖췄다.

"다, 다시 뵙는군요."

자신의 나이가 어느덧 팔십 대라지만 눈앞에 자리한 상대에 비할 바가 아니잖은가.

마른침을 꿀꺽 삼키는 그의 얼굴 위로 두려움의 빛이 스쳐 지나갔다.

당연한 반응이었다.

파초대마후는 당대 십이존자도 함부로 대할 수 없는 전대 무림 최강자였으니까.

이곳에 온 이상 몸가짐을 조심해야 한다. 괜히 불만을 토로하며 설쳤다간 일수에 저승의 문턱을 넘을 것이기에.

"위명은…… 익히 들었습니다."

"아이 참, 그렇게 긴장할 것 없어요. 누가 잡아먹으려는 것도 아닌데."

그녀는 곧 의자를 가지고 와 앉으며 나지막한 목소리로 입을 열었다.

"일단 본 문의 문도가 된 것을 환영해요."

큭, 환영은 개뿔이……!

당능통은 목구멍까지 치솟은 그 말을 가까스로 삼켰다.

"아, 예. 별말씀을……."

"내가 여기 온 것은 다름이 아니라 교두님을 대신해 말을 전하기 위함이랍니다. 그대는 앞으로 정비사(整備士) 자리를 맡게 될 거예요."

"정비사……?"

고개를 끄덕인 운몽향아가 문중 서열 명단을 비롯해 문도들 인적 사항을 써 놓은 종이 한 장을 건네며 말을 이었다.

"정비사의 문중 서열은 육 위. 물론 교두님께서 정하신 거죠. 아, 그리고 교두님 나이가 젊기 때문에 아마 존칭을 쓰는 게 자존심 상할 수도 있을 거예요. 하지만…… 이것만 알아 둬요. 현재 문중 최고 연장자인 교관님조차도 무림 배분으로는 교두님께 한참 밑이라는 것을. 호호홋."

그 말에 당능통의 두 눈이 휘둥그레 커졌다.

'세상에! 무려 이백사십여 년을 산 사종검황이…… 검무영의 아래라고?'

엉덩이를 뗀 운몽향아가 문 쪽으로 걸음을 옮기며 일렀다.

"정비사의 정식 활동은 내일부터 시작될 거예요. 오늘은 이곳에 머물며 푹 쉬도록 해요. 식사는 따로 가져다줄 테니까."

"그, 그러지요."

탁! 하고 문이 닫혔고.

방 안에 홀로 자리한 당능통은 멍한 표정으로 바닥에 쓰러지듯 털썩 주저앉았다.

'이 나이에 남의 문파 사람이 되다니, 허…… 이런 말도 안 되는…….'

그러다가 두 주먹을 불끈 쥐며 외쳤다.

"오냐, 그래! 이왕 이렇게 된 것, 내 모든 역량을 발휘해 청풍검문을 발전시킬 테다! 각종 기관 장치를 개발하고 설치해 그 누구도 침범할 수 없는 가히 철벽의 요새로 만들어 버릴 것이야! 그러면 네 녀석도 뒤늦게 땅을 치고 후회하며 날 다시 데리러 오겠지?"

그는 애써 자신의 처지를 달랬다.

제 조카인 당효악이 '숙부님, 제가 잘못 생각했습니다! 다시 본가로 와 힘을 보태 주십시오!' 하는 모습을 상상하면서.

* * *

늦은 밤, 창가로 달빛이 스미는 내실.

침상에 누워 있던 하연설은 비로소 정신을 차리고 상체를 일으켜 세웠다.

그 순간.

"천잠삼정혈을 타통하지 않았으면 심각한 상태가 되고 말았을 거다."

놀란 하연설이 그 목소리에 이끌려 고개를 돌리자 문을 등지고 선 검무영의 모습이 눈에 담겨 들었다.

"아……! 교, 교두님."

"그래, 상단전의 숨은 힘을 개방한 소감은?"

"네?"

하연설이 사슴 같은 눈을 동그랗게 만들며 묻자 검무영이 무표정하게 말을 받았다.

"네 상단전은 특별한 힘을 가졌다. 하나 오늘, 네 몸이 허용하는 한계 이상으로 묘용을 발휘하는 바람에 탈이 난 거야."

"……!"

"자세한 것은 지금보다 더 일신의 능력이 발전했을 때 가르쳐 주도록 하지."

검무영은 할 말 다 했다는 듯 신형을 휙 뒤돌렸다.

"자, 잠깐만요! 교두님."

하연설이 의문 가득한 눈빛으로 입을 연 찰나 검무영이 멈칫하더니 씩 웃었다.

"이제야 좀 예뻐 보이는군."

그러곤 이내 밖으로 모습을 감춘다.

고요함에 잠긴 내실.

하연설은 어안이 벙벙한 얼굴로 그가 사라지고 입을 굳게 다문 방문을 바라보았다.

'바, 방금…… 뭐라고?'

너무 순식간에 일어난 일이라 경황이 없었다.

무슨 이유일까.

두근두근, 가슴이 뛰기 시작한다. 묘한 여운을 퍼뜨리며…….

그렇게 밤은 깊어 갔다.

第三章

무명(武名)

이튿날, 기상 점호 시간.

수백 명의 문도가 중앙 건물의 널따란 마당에 집결한 가운데 마봉을 제외한 다른 적전제자들 모습은 보이지 않았다.

네 명 모두 하루 동안 방에 머물며 운기요상을 취하라는 검무영의 별도 지시가 있었기 때문이다.

그것은 곧 어제 입은 내상의 여파를 말끔히 지우고 새로이 얻은 내공의 불안정한 흐름을 바로잡으라는 의미였다.

마봉 같은 경우 밤사이 운몽향아의 도움으로 원상회복된 상태라 굳이 점호에 빠질 이유가 없었다.

이윽고 검무영이 모습을 드러내며 점호가 시작됐고, 하연설을 대신해 임시 대표가 된 마봉이 인원 보고를 마쳤다.

직후 검무영의 시선이 표사 일동을 지도 중인 신율의 얼굴에 머물렀다.

“진행 상황은?”

“예, 현재 청풍검결 요체를 삼분지 일 가까이 습득했습니다. 아마 앞으로 보름 정도 지나면 끝을 보지 않을까 싶습니다.”

“좋아, 기한은 그 정도로 잡고…… 대신 강도는 두 배로 올리도록 해. 그래야 몸에 확실히 밸 테니까.”

동시에 표사들 낯빛이 핏기를 잃었다.

‘윽, 젠장! 지금도 하루하루 겨우 버텨 나가는 중이라고! 다른 사람도 아닌 천하의 혈수검왕이 내뿜는 살기를 전신으로 느끼며 검을 찔러 넣는 게 얼마나 살 떨리는 일인데…….’

하나 검무영은 자신들 안위 따윈 신경조차 쓰지 않는 기색이다.

엔간하면 죽지 마, 시신 치우기 귀찮으니까. 뭐, 그래도 뒈지는 녀석이 나온다면 어쩔 수 없고.

그 무심한 눈동자를 보고 있자니 마치 그렇게 말하는 것 같은 기분이었다.

다시 이어지는 검무영의 퉁명스러운 목소리.

“아직까지 야간 실습의 결과에 도취되어 있는 녀석이 있다면 정신 차려. 그래선 똥 취급을 면치 못해. 영양사와 국주가 없었다면 지금쯤 너희 모두 무덤에 든 신세가 되었을 거다.”

도둑이 제 발 저리다고, 전일 야간 실습에 참여했던 인원 중 절반 이상의 눈동자가 투명한 흔들림을 자아냈다.

하기야 옳은 말이다.

잔혼각의 핵심 전력은 잔혼칠도객도, 상도사걸도 아닌 각주 염저였다. 그 일신의 무지막지한 무력은 적전제자 이하 문도들 실력으론 도저히 감당할 수 없는 그것이었다.

천하의 신율마저 장백천령단을 복용한 상대의 내공 수위에 자못 놀라지 않았던가.

심지어 싸움이 절정으로 치달아 신율의 내공이 삼 할 남짓 남았을 때 염저의 잔여 내공은 무려 절반 정도였다.

그때 만약 신율이 고절한 무위로써 버텨 주지 못했다면 일찌감치 염저가 자랑하는 잔살팔로도법의 비초 앞에 절명하고 말았으리라.

어디 그뿐인가.

운몽향아는 무려 일천 명에 달하는 천금각의 전력을 홀로 맡아 몰살시켰다. 덕분에 적전제자들, 평제자들, 표사들 모두 천금각의 음공으로부터 아무런 해를 입지 않고 오직 잔혼각 무리만 상대하는 데 집중하는 것이 가능했다. 그리고 그녀는 후에 골칫덩이 염저를 비롯해 진혼각 잔당을 깨끗이 쓸어 버렸다.

당시 상황을 다시금 머릿속에 떠올려 보면 정말이지 천만다행한 일이 아닐 수 없다.

제아무리 검무영의 수업을 통해 저마다 일신의 공부가 발전했다지만 운몽향아와 신율의 도움 없이는 그렇듯 훌륭한 승리를 거두기 힘들었을 것이다.

"향후 간부진 도움 없이 어지간한 적을 능히 감당할 수 있을 때까지 나한테 칭찬을 기대하지 마라. 알겠나?"

방심할 여지를 주지 않는 검무영이다.

"명심하겠습니다, 교두님!"

일동이 입을 모아 우렁차게 대답한 찰나 관궁이 입꼬리를 당겨 올리며 말했다.

"흣, 나도 수련 강도를 좀 더 높일까 싶은데."

그러자 검무영이 어깨를 으쓱거렸다.

"평제자야 어차피 네 소관이니까 맘대로 해."

표필을 비롯한 평제자들 모두 소름이 오싹 끼쳤다. 기실 관궁의 지도를 받는 것은 괴로움보다 두려움이 더 컸으니까.

'망했다! 아니, 지금 행하는 찌르기 수련에 겨우 적응한 단계인데…….'

그러거나 말거나 관궁은 고사리 같은 앙증맞은 손을 구부려 뚝, 뚝! 소리를 내며 두 눈을 빛냈다.

"들었지? 키킥. 네놈들 전부 각오해. 이제부터 제대로 된 찌르기를 습득할 수 있게 만들어 줄 테니까."

별안간 잠자코 있던 흥청과 망청이 '꾸우웅' 하며 검무영을 바라보았다.

만두 먹고 싶어요! 제발 먹게 해 주세요! 다른 건 포기해도 만두만은 포기할 수 없어요! 흡사 그런 표정들…….

검무영은 단호했다.

"아직 하루 남았어. 해가 저물기 전까지 일을 제대로 수행해 봐. 그러면 내일부터 영양사가 만든 따끈따끈한 만두를 다시 먹게 될 거다."

동시에 흥청, 망청이 덩치에 어울리지 않는 초롱초롱한 눈망울로 신이 나 해죽거렸다.

그때 백리대약이 두 손을 공손히 모으며 질문을 던졌다.

"교두님, 저는 예정대로 오늘 안에 나머지 요체를 다 깨달을 수 있는 것인지……?"

"물론이다. 하지만 마지막 날이니만큼 어제보다 더 고통스러울 거야. 전적으로 네가 얼마나 버틸 수 있느냐에 달렸어."

"아, 그건 이미 각오했습니다. 다만……."

말꼬리를 흐린 그는 관궁 옆에 자리한 개새를 힐끗 보더니 저도 모르게 몸서리를 쳤다.

귀를 쫑긋 세운 개새가 곧바로 반응했다.

"멍! 멍!"

뒤이어 분홍빛 혀를 날름날름.

"우웩…… 우웩……."

백리대약이 헛구역질을 해 대자 주변 문도들도 덩달아 어제 광경이 떠올라 입을 틀어막았다.

관궁이 낄낄대며 비웃었다.

"그러게 산속에 가만히 처박혀 신선놀음이나 할 것이지, 왜 속세로 기어 나와서 식충이 새끼한테 더러운 입맞춤까지 당하고 지랄이야."

흥청, 망청도 창극으로 백리대약을 가리키며 서로 '크궁, 크궁' 하며 소성 비슷한 소리를 낸다.

낯빛이 시뻘게진 백리대약이 속으로 발끈했다.

'으윽, 저 곰들마저 날 조롱하다니……!'

한편.

청풍검문 문도로서 아침을 처음 맞이한 당능통은 마당 한쪽 구석에 우두커니 선 채 넋이 빠진 표정을 짓고 있었다.

'허…… 내가 과연 제대로 적응해 나갈 수 있으려나?'

우두머리인 교두를 시작으로 교관, 조교, 영양사 등등 그야말로 정상적인 존재를 찾기가 힘든 곳이다. 일단 간부진 면모만 보더라도 칠순, 팔순은 기본이니…….

서로 말이 통하는 사람과 짐승이 어우러진 어떤 기이한 세계에 발을 들인 듯한 기분이랄까.

"정비사."

귓전을 울리는 목소리에 당능통은 정신이 번쩍 들어 고개를 돌렸다. 그러자 검무영의 시선이 자신을 향하고 있었다.

"빨리 적응 못 하면 자신만 손해야."

"아…… 알겠네."

무의식중에 습관적으로 튀어나온 하대.

검무영은 별 반응이 없는데 흥청, 망청이 도리어 죽창을 빙글빙글 돌리며 노성을 토한다.

"꾸헝!"

"흐아앙!"

이런 고얀 놈을 보았나! 우리한테 향후 만두를 주실 분께 그 무슨 무례인가! 나이도 한참이나 어린 주제에 감히!

짐승 고유의 소리라 알아듣긴 힘들지만 왠지 그런 뜻인 것 같다.

움찔 놀란 당능통이 진땀을 흘리며 황급히 두 손을 내저었다.

"그, 그만 말실수를 했습니다."

"됐고, 정비사는 열흘간 경내를 돌며 손봐야 할 곳을 빠짐없이 기록해. 건물이든 뭐든 모조리 다."

"예, 알겠습니다. 한데 무너져 버린 동쪽 담장의 복구 작업은……? 그것이 가장 시급하지 않습니까?"

"일단 놔둬."

그렇게 말한 검무영이 이내 마봉 쪽으로 눈길을 돌리며 명령했다.

"마봉, 넌 아침 식사 후 진천당가로 가서 그림첩을 전해 줘라. 그런 다음 안찰사를 방문해 지부를 만나 보도록."

"합 대인은 왜……?"

"그로부터 받을 게 있어. 가 보면 알아서 챙겨 줄 거야."

검무영의 다음 표적은 초등생 상급반. 그의 지시 사항은 간단했다.

"너희 똥 덩어리들 모두 오늘 내로 기본 수련 구 단계를 완수하고 십 단계에 이르지 못한다면…… 어떻게 될지 잘 알겠지?"

그 말에 다들 가슴이 철렁해 낯빛이 굳는다.

아무렴, 잘 알고말고.

호된 매타작은 당연한 것이고 매 끼니를 물로 때우게 될 것이니 어쩌느니, 어차피 들으나 마나 그런 유의 협박일 것임이 분명했다.

반면 초등생 하급반은 검무영의 입으로부터 수련에 대한 이야기가 나오길 기대했지만 '돈벌이가 시원찮으면 전원 반송장이 될 때까지 얻어터질 줄 알아' 라는 매몰찬 소리만 들었을 따름이다.

점호를 끝낸 검무영이 마당을 지나치더니 문짝을 밀며 말했다.

"앞으로 삼 년, 만약 그 안에 청풍검문이 무림 제일의 무문으로 우뚝 서지 못한다면 내 손으로 직접 이곳을 폐문시킬 계획이다."

동시에 문도들 눈동자 위로 커다란 파문이 일었다. 결코 허투루 내뱉는 말이 아님을 직감했으니까.

"너희들 또한 그러한 마음가짐으로 수업에 임해라."

그러곤 일동을 등 뒤로한 채 저벅저벅 걸음을 옮겨 모습을 감췄다.

강호의 정점에 선 무문.

아마 다른 사람이 그 말을 들었다면 제발 허무맹랑한 소리 좀 지껄이지 말라고 했을 것이다.

하나 청풍검문 문도들 반응은 달랐다.

그래, 교두님의 수업을 모두 완수해 그 목표를 이루고 말겠어!

다들 그런 열의에 찬 눈빛으로 두 주먹을 꽉 쥔다.

백리대약은 내심 감탄하며 중얼거렸다.

'허헛. 혈수검왕이 목표로 내세운 중원 최고의 표국은 아무것도 아니었구먼. 과연 교두님은…….'

반면 당능통은 고개를 절레절레 흔드는 중이었다.

'끌…… 포부가 큰 것은 높이 살 만하지만, 정사 무림의 양대 산맥인 철무련과 대붕성의 아성을 무너뜨리는 것이 그리 쉬운 일인 줄 아는가? 제아무리 전대 무림을 군림하던 여러 강자를 포섭했다고 해도 결코 쉬운 일이 아닐진대.'

* * *

인공적으로 다듬은 어느 지하 공간의 반듯한 지면에 일백 자루가 넘는 검이 장식품처럼 원진을 이루며 거꾸로 쑤셔 박혀 있었다. 그런데 무슨 이유인지 그 수많은 칼들 전부 심하게 부식되어 형태만 간신히 유지하고 있는 상태였다.

흡사 수명이 다한 검의 무덤을 대하는 듯한 광경이었다.

그런 공간의 복판엔 제단을 연상시키는 일 장 높이의 둥근 석단이 오연히 솟아 있었다.

석단 꼭대기에 놓인 커다란 돌의자 하나.

두 눈을 감은 채 등을 기대고 앉은 중년 사내 한 명이 보인다.

청수한 생김새에 명치까지 드리운 수염, 은빛 꽁지깃을 장식한 전모와 검은 띠가 매달린 백색 장의를 몸에 두른 그는 다름 아닌 과거 관궁과 손속을 나누었던 예의 신비 고수였다.

살아 있는 것인지, 죽어 있는 것인지 분간이 가지 않는 정적한 기도인데.

삭, 삭, 삭…….

내밀한 발소리와 함께 석단 아래로 홀연 한 인물이 나타났다.

돌의자에 앉은 신비 고수와 똑같은 복장을 한 칠십 대 노검수였다.

"검림지존(劍林至尊)께 아뢰옵니다. 사천 지역으로 떠난 전뇌신궁의 두 후예가 아무래도 임무에 실패한 것으로 사료됩니다."

말이 끝나기가 무섭게.

검림지존이라 불린 사내의 것으로 짐작되는 전성이 지하

공간을 울렸다.

『파천신군 당효악의 손에 당한 것이냐?』

그에 노검수가 자신의 전모에 매달린 꽁지깃을 살짝 어루만지며 대답했다.

"이 은광신응(銀光神鷹)의 깃이 알려 준 신호가 정확하다면…… 파천신군에 필적하는 또 다른 강자가 존재하는 듯싶습니다."

『자못 성가신 일이로군.』

전성이 울림과 동시에 푸드득! 날갯짓 소리가 나더니 매 한 마리가 검림지존 왼쪽 어깨 위로 내려앉았다.

전신이 은빛 털로 뒤덮인 기이한 매.

예부터 그 깃을 소유한 사람끼리는 거리에 상관없이 영적인 교감을 나누는 것이 가능하다고 전하는 새외의 영물 은광신응이다.

『내게 보여다오. 어떤 일이 있었는지…….』

은광신응이 '빼애액!' 하고 울자 돌연 검림지존의 전모에 장식된 깃이 번쩍번쩍 빛을 발했다. 직후 노검수가 머리에 쓴 전모의 깃도 마찬가지로 빛을 발하더니 곧 검림지존의 것과 한 가닥 빛줄기로 연결되었다.

그렇게 약간의 시간이 흐르고.

빛줄기가 소멸하자 두 눈을 감은 검림지존의 전성이 나

지막이 울려 퍼졌다.

『청풍검문이라…….』

급격히 확장되는 노검수의 동공.

'뭣? 청풍검문이라고?'

순간 잘못 들었나 싶은 의문이 머릿속을 스쳤지만 곧바로 검림지존의 전성이 이어졌다.

『철의단도, 철태자도, 또한 전검존도…… 모두 한 명의 무위를 버티지 못했구나.』

노검수가 호기심을 참지 못하고 물었다.

"그 한 명이 청풍검문 소속이란 말씀입니까?"

『그렇다. 철태자와 동년배인 듯싶으나 그 공력의 깊이는 비교를 불허하는구나.』

"하오나 지존, 현 청풍검문은 과거의 영광을 잃은 채 쇠퇴의 길을 걷고 있는 무문으로 알고 있습니다. 그것이 불과 반년 전에 입수한 정보인데 어찌……?"

『무명(無名)으로 전락한 청풍검문을 돕는 새로운 강대한 무명(武名)이 나타난 것이지. 그 반년 사이에, 세인들 모르게 조용히…… 대저 커다란 변혁은 그렇듯 징조를 예측하기 힘든 법이다.』

그 말을 들은 노검수의 눈동자가 흡사 예기 같은 날카로운 안광을 흘렸다.

'새로운 강대한 무명…… 흐음, 도대체 어떤 자인가? 애당초 존자 반열의 고수만 경계하면 되리라 생각했던 것이 실수였다.'

다시 검림지존의 전성이 울리고.

『청풍검문을 비호하는 그 의문의 젊은 고수는…… 뇌검존이 감당하지 못한 파천신군과 더불어 향후 우리 대업에 첫 걸림돌이 될 것이야.』

"혹…… 파천신군의 그것보다 더 위협적인 무력을 가졌을 가능성도 있습니까?"

『알 수 없다. 하지만 너를 포함한 음검비동(陰劍秘洞)의 전력을 한꺼번에 감당할 수 있는 수준은 아니리라.』

"그래도 긴장의 끈을 늦춰선 안 되겠지요."

『전검존이 갑자기 청풍검문으로 행로를 정한 이유가 황룡이 선사한 신검 때문이라 했느냐?』

"예, 지존. 그래서 뇌검존 일행과 따로 행동하게 되었던 것입니다. 일이 이리될 줄 알았다면 곧장 아미파로 향하라고 지시할 것을…… 아니, 조화전신검의 신력을 지존께서 취하시는 편이 차라리 나을 뻔했습니다."

『이미 벌어진 일을 두고 왈가왈부하지 마라. 못난 짓이다.』

노검수가 즉각 허리를 굽혔다.

"죄송합니다."

『비록 전검존을 잃었지만 그 희생으로 말미암아 진귀한 정보를 얻었다. 헛된 죽음이라 할 수만은 없으리니.』

"그 뜻은……?"

『그로 인해 청풍검문에 황룡이 선사한 신검이 있다는 것을 알게 되었으니까. 은광신응을 통해 본 장면은 다름 아닌 전검존의 조화전신검이 상대의 검력에 의해 너무나 쉽게 깨져 버린 것이었다.』

"……!"

『전뇌신궁의 신물인 조화전신검을 무참히 조각낼 수 있는 병기라면 황룡이 선사한 희대의 신검이라 봐도 무방하지 않겠느냐?』

그러자 노검수가 의미심장한 눈빛으로 말했다.

"당장 추가 전력을 파견해 그자의 무위를 파악하고 신검을 탈취하는 게 어떻습니까?"

『아니, 그럴 필요 없다.』

검림지존의 전성이 끝나기가 무섭게 지하 공간 좌측으로부터 한 인영이 귀신처럼 나타나 석단 앞으로 다가와 섰다.

노검수와 똑같은 복장의 이십 대 청년.

이목구비가 뚜렷한 자못 준수한 용모에 훤칠한 신장의 그는 뭐라 설명하기 힘든 기묘한 기도를 가지고 있었다.

분명 눈앞에 존재하지만 존재하지 않는 것 같은…… 굳이 정의하자면 허무의 기도랄까.

청년의 신분은 검수였다.

좌측 허리에 걸린 넉 자 길이의 장검은 흡사 일신의 기도를 반영하듯 어떠한 장식도 문양도 없다. 밋밋한 칼자루와 칼집이 일체를 이룬 양 온통 잿빛이다.

세상사에 무관심한 듯한 청년의 눈동자가 이내 노검수 쪽을 향했다.

"어서 오십시오. 회검대공자(灰劍大公子)."

노검수의 깍듯한 인사에 회검대공자가 무표정하게 말을 받았다.

"태음검존(太陰劍尊), 그대가 평소 신뢰하던 전뇌신궁의 두 멍청이가 임무에 실패했더군."

억양을 느낄 수 없는 건조한 목소리에 태음검존의 노안이 돌처럼 굳었다.

"면목이 없습니다."

"새삼스럽지도 않다. 애초에 둘 다 '존'의 칭호가 과분한 하수였으니까."

"……."

"최종 지시는 그대가 내렸으니…… 그 결과에 대한 책임도 의당 그대가 지는 것이 마땅할 터."

차아앙.

날카로운 울림과 동시에 저절로 발출된 칼이 태음검존의 미간 바로 앞에 검극을 들이민 채 우뚝 멈췄다.

어검술(御劍術).

구태여 손을 쓰지 않고 막대한 내력으로써 칼을 새처럼 자유자재로 날려 보낼 수 있다는 검도 최상승 경지의 기예.

회검대공자의 가공할 무위를 대변하는 장면이었다.

심지어 쾌검의 요체를 이용한 극상의 어검술이라 태음검존이 미처 반응할 틈조차 주지 않았다.

『그만하거라.』

검림지존의 전성에 회검대공자가 말없이 고개를 주억이자 예의 검이 도로 거리를 격해 칼집으로 회수되었다.

『일은 어찌 되었느냐?』

"서장의 주목랑마봉(珠穆朗瑪峰) 일대를 샅샅이 뒤진 끝에 좋은 결과를 얻었습니다."

회검대공자는 이내 자신의 왼손에 들린 보따리를 풀었다. 그러자 불문의 사대천왕(四大天王) 형상이 음각된 칼집을 가진 한 자루 검이 화려한 자태를 뽐냈다.

"이것이 바로 소림사가 오백 년 전에 소실했다고 전하는 천왕신검(天王神劍)입니다. 그 신력이 여느 신검과 비교가 되지 않을 정도로 대단하지요."

태음검존의 두 눈이 경악의 빛을 담았다.

'허어, 한때 중원의 오대신검으로 불린 천왕신검을 찾아내다니……!'

그는 속으로 회검대공자의 놀라운 수완에 혀를 내둘렀다.

『시작하자.』

검림지존의 말에 회검대공자가 즉각 천왕신검을 뽑아 지면에 깊이 꽂아 넣었다.

직후.

츠츠츠츠츠…….

천왕신검으로부터 방대한 금빛 기류가 번져 나오더니 무형지기에 이끌린 듯 석단 위쪽으로 향했다.

바로 검림지존이 신검에 담긴 신력을 흡수하고 있는 것이다.

그렇게 시간이 얼마나 지났을까.

예의 금빛 기류는 소리 없이 사라졌고 천왕신검은 주변에 있는 여러 칼과 마찬가지로 보기 흉하게 부식된 상태가 되어 버렸다.

회검대공자와 태음검존이 조용히 석단 위를 주시하는 가운데 검림지존의 눈꺼풀이 느릿하게 올라가더니 현묘한 빛을 머금은 한 쌍의 동공을 드러냈다.

이윽고 입술 사이로 흘러나오는 나지막한 음성.

"과연…… 천왕신검의 신력은 대단하도다. 천년 소림의 명성이 헛되지 않았구나."

검림지존이 신형을 일으켜 세우자 태음검존은 즉각 바닥에 엎드렸다.

"아! 드, 드디어 완성하셨군요! 무려 이백여 년의 긴 기다림 끝에……!"

반면 회검대공자는 별다른 반응이 없었다. 다만 입가에 한 줄기 희미한 미소가 스쳐 지나갔을 뿐…….

이윽고 검림지존이 석단의 층계를 밟고 내려와 두 사람 앞에 자리했다.

"내 힘이 느껴지느냐?"

그의 물음에 회검대공자가 고개를 가로저었다.

"제 능력으론 짐작조차 할 수 없는 크기로군요."

"네 공이 가장 크다. 장차 본좌가 중원 강호의 패자에 오른다면…… 넌 항상 내 옆에 서게 될 것이다."

"영광입니다, 지존."

회검대공자가 목례로 답한 찰나 검림지존이 우수를 옆으로 뻗었다.

쩌적, 쩍, 쩌저적, 쩌적—!

한쪽 벽면이 요란한 소리를 내며 갈라지더니 곧 틈을 비집고 푸른 강검 한 자루가 튀어나와 그의 손에 이끌려 잡혔다.

"참으로 오랜만에 사문의 검을 손에 쥐어 보는군."

그때 태음검존이 고개를 들어 물었다.

"지존…… 현재 사천성에 머물고 있는 전력을 이쪽으로 불러들일까요?"

머리를 가볍게 흔든 검림지존이 가만히 입을 열었다.

"대기하라고 일러라."

"아……."

"내 직접 사천성 성도로 향하고자 한다. 최대한 빨리 그 땅을 평정해 중원의 심장부로 진출할 토대를 마련할 것이니라."

그에 회검대공자가 칼자루를 어루만지며 말했다.

"그 말씀만 기다렸습니다. 일차 목표는 성도입니까?"

"청풍검문, 그리고 진천당가…… 두 곳을 동시에 섬멸한다."

검림지존이 그 말과 함께 발걸음을 떼자 회검대공자와 태음검존도 즉각 뒤를 따랐다.

*　　*　　*

해가 서산으로 지며 노을을 퍼뜨릴 무렵.

하연설을 비롯한 적전제자 네 명은 내상의 여파를 말끔히 지우고 일련의 흐름이 불안정하던 새로운 내공을 하단전에 갈무리하는 데 성공했다.

또한 백리대약은 마침내 검무영의 도움으로 사문 검학의 궁극의 요체를 하나도 빠짐없이 제 것으로 만들 수 있었다.

비록 그 과정이 어제와 비교조차 할 수 없을 만큼 지독히도 고통스러웠지만 비로소 완벽한 명정십로검식을 지니게 되었다는 기쁨이 그걸 보상해 주었다.

한편 초등생 상급반은 전원 기본 수련 구 단계를 완수하며 십 단계에 이르렀다. 그 덕분에 무지막지한 매타작이나 매 끼니를 물로 때우는 따위의 화를 겨우 면하게 되어 안도의 한숨을 쉬었다.

관궁의 지도를 받던 평제자들 역시 소기의 성과를 거두었다.

오전, 오후 내내 관궁이 내뿜는 살기를 억지로 견디며 강도가 높아진 수련을 행한 끝에 찌르기 속도가 향상되었으니까.

하나 불행한 것은 그게 시작이라는 사실.

관궁은 수련이 막바지에 이르렀을 때 불만스러운 표정으로 이렇게 일렀다.

—젠장, 마음에 안 들어! 성에 안 찬다고! 내일 수련 강도는 오늘 것의 두 배가 될 거다. 알겠나?

발전을 보인 무리는 또 있었으니.

바로 열일곱 명의 표사들.

신율과 함께 청무원으로 든 그들 모두 부지런히 검을 휘두른 결과 청풍검결의 요체 중 한 가지를 더 습득했다.

대신 실전을 방불케 하는 가르침 탓에 다들 치열한 혈전이라도 치른 것처럼 온몸에 붉은 자상을 안고서 저마다 신음을 흘렸다. 이러다가 죽는 게 아닐까? 싶은 생각마저 들 정도였지만 신율의 가르침은 내일도 모레도 계속될 것이었다.

문지기인 홍청과 망청은 반드시 만두를 먹고 말겠다는 일념하에 돈벌이를 끝내고 온 초등생 하급반 일동을 문전박대하지 않고 안으로 들여보냈다.

우수한 영물답게 문중 사람들 이름과 얼굴을 완벽하게 외운 것이다.

마봉은 진천당가에 가서 적이 머물 것으로 예상되는 그림첩을 건넨 다음 안찰사의 합영달로부터 웬 궤짝을 받아 가지고 오며 임무를 완수했다.

당능통이라고 다르지 않았다. 그도 맡은바 직분을 다해

경내를 꼼꼼하게 살피며 손봐야 할 곳을 기록해 두었다.

얼마나 세심하게 작성했는지 그 양이 거의 책 반 권 분량에 육박했다.

청풍검문의 하루는 그렇게 저물었다.

이튿날 아침.

기상 점호 장소인 중앙 건물의 마당에 모든 문도가 집합한 가운데 검무영이 모습을 드러내지 않고 있었다.

'어? 오늘따라 교두님께서 늦으시는데……?'

다들 속으로 의문을 표한 순간 운몽향아가 갑자기 장내에 불쑥 나타나더니 말했다.

"여러분, 교두님께선 새벽에 청풍검문을 떠나셨답니다. 그러니 매 점호는 교관님이 대신 맡아 진행하실 거예요."

동시에 경악실색하는 문도들.

"예? 그, 그게 무슨……!"

"갑자기 왜……? 서, 설마 저희를 버리고 완전히 떠나셨다는 겁니까?"

그러자 운몽향아가 생긋 웃으며 이른다.

"질문은 받지 않아요. 호홋."

第四章
오랜만의 비상(飛上)

검무영이 홀연 떠나 버렸다는 소리에 다들 자못 당황스러운 눈치였다.

하나 하연설은 재빨리 평정심을 되찾곤 이내 일동을 향해 고개를 돌리며 침착한 목소리로 당부했다.

"교두님께선 분명히 모종의 볼일을 보러 나가신 거야. 그러니 우린 귀환하실 때까지 수련을 성실히 행하며 기다리면 돼. 괜히 걱정할 필요 없어."

단선후, 마봉 등을 비롯한 각급 문도들이 동의한다는 듯 머리를 끄덕거렸다. 바로 어제 검무영이 직접 내뱉었던 말을 뇌리에 되새기며…….

—앞으로 삼 년, 만약 그 안에 청풍검문이 무림 제일의 무문으로 우뚝 서지 못한다면 내 손으로 직접 이곳을 폐문시킬 계획이다.

아무리 검무영이 제멋대로인 인물이라 해도 자신이 내뱉은 말은 반드시 지킨다는 것을 잘 알고 있다. 그만큼 그에 대한 신뢰가 두텁게 쌓인 상태다.

문도들 모두 똑같이 생각했다.

그래, 어쩌면 이것도 일종의 시험일 수도 있어! 자리를 비운 동안에 우리가 제대로 공부를 하는지, 안 하는지 알아보시려는……. 그러니 돌아오시기 전까지 정신 바짝 차리고 수련을 통해 진전을 이루자!

운몽향아는 그런 일동을 대견스러운 눈빛으로 바라보았다.

'훗. 다들 정신적으로 한 단계 성장했구나. 좋은 현상이야.'

그때 관궁이 에헴! 하고 헛기침을 내뱉더니 거만스럽게 턱을 쳐들며 뒷짐을 졌다.

"이거 정말 기분 째지는군. 검씨 놈이 없는 동안 내가 대장이라니 말이야."

대뜸 운몽향아가 손으로 입을 가린 채 웃더니.

"어머, 죄송해서 어떡하죠?"

그 소리에 관궁의 눈썹이 꿈틀 솟구친다.

"죄송하다니?"

"교관님은 그냥 아침저녁으로 점호만 맡으시면 돼요. 실은 교두님께서 그 나머지 권한 전부를 제게 위임하셨답니다."

"큭! 뭐가 어쩌고 어째?"

운몽향아가 이내 품을 뒤지더니 관궁을 비롯한 일동 앞에 뭔가를 꺼내 들어 보였다.

푸른 빛깔의 작은 옥패.

표면에 바람을 상징하는 문양과 한 자루 검이 정교하게 음각된 그것은 다름 아닌 문주의 지고한 권한을 상징하는 신물 청풍령패였다.

그것을 본 관궁이 발끈하고 나섰다.

"아니, 서열도 나보다 낮은 너한테 왜 청풍령패를 맡기고 간 거야!"

"뭐, 교관님이 못 미더우셨던 거겠죠. 꺄르륵."

"이런 젠장……!"

"어쨌든 청풍령패는 제 손에 있으니 행여 문도들 상대로 괜한 행패를 부리거나 그러시면 안 돼요. 아셨죠? 점호를 제외한 나머지 일은 전적으로 제가 관리할 테니까요."

"하! 싫은데?"

운몽향아가 피식하며 뭐라 말하려는 찰나 하연설이 불쑥 목소리를 던졌다.

"자꾸 그러시면 나중에 교두님한테 전부 일러바칠 거예요."

어깨를 움찔한 관궁이 인상을 팍 구겼다.

'저 망할 년이 또 협박을……!'

하연설의 성격이라면 능히 그러고도 남을 테니 일단 꼬리를 내리는 수밖에 없다.

"그냥 해 본 소리야! 쳇."

짧게 투덜거린 관궁은 점호를 진행했고 운몽향아는 아침 식사 준비를 위해 식당으로 떠났다.

그렇게 인원 점검이 끝난 무렵.

관궁이 문뜩 백리대약을 향해 심유한 눈빛을 흘리더니 검지를 까딱까딱 움직였다.

"이리로 와 봐."

그러자 백리대약이 지레 겁을 먹고 망설인다.

"왜…… 왜 그러시는 것인지……."

"쌍, 잔말 말고!"

관궁이 눈을 부라리자 백리대약은 마지못해 걸음을 옮겨

그 가까이로 다가섰다.

덥석!

손목을 낚아챈 관궁은 즉각 맥문을 통해 자신의 기운을 흘려보냈다.

상대의 체내 기맥을 살피는 것이다.

이윽고 손목을 놓은 관궁이 입꼬리를 살며시 당겨 올렸다.

"호오, 제법이야. 삼화취정을 통해 향상된 내공 수위가 검씨 놈의 안배로 다시 한 번 진일보했어. 거의 오륙십 년 치의 새로운 내공……, 즉 나의 삼 할 공력과 맞먹는 수준이로군."

그 말에 백리대약 본인을 포함한 문도들 모두 깜짝 놀란 얼굴로 두 눈을 휘둥그렇게 떴다.

특히 신율의 반응은.

'허어, 세상에……! 교관님의 삼 할 공력과 맞먹는 수준이라고?'

정말이지 경악스러움 그 자체.

예전 관궁의 지도를 받으며 청풍검결을 습득했을 때 자신은 거의 생사를 오락가락했다.

고작 삼 할 공력 앞에 말이다.

한데 백리대약의 성취가 그것과 맞먹는다고 하니 그로선

충격이 아닐 수 없었다.

관궁이 돌연 아연실색하는 신율의 얼굴을 제 눈동자에 담으며 히죽 웃었다.

"햐, 이거 어쩌나? 명색이 표국의 국주란 놈의 내공 수위가 아랫사람인 표두만도 못하다니 말이야."

"……."

"그래, 그래. 자존심 상하지? 하지만 뭘 어쩌겠어. 그게 네놈 팔자인데. 이러다가 나중에 서로 자리가 바뀌는 것 아냐? 카하핫."

신율이 민망한 얼굴로 고개를 숙이자 백리대약은 괜한 미안함에 몸 둘 바를 몰랐다.

뒷짐을 진 관궁이 성큼성큼 걸음을 떼며 은밀한 전성을 보냈다.

『바보 같은 놈, 헛배웠군. 내 손속에 호되게 당하며 얻은 것을 활용할 줄을 몰라.』

동시에 신율의 동공이 이채를 머금었다.

'헛배워? 활용……?'

뭔가 의미심장한 소리인데.

관궁은 뒤도 보지 않은 채 마당의 문을 열고 나가 버렸다.

*　　*　　*

천보상단 총단 내의 한 호화로운 규방.

상소교는 하늘하늘한 잠의를 걸치고서 의자에 편히 등을 기대고 앉아 있었다. 그리고 그 앞엔 열 살 정도로 보이는 앳된 소녀 한 명이 무릎을 꿇고 앉아 그녀의 뽀얀 맨다리를 정성스럽게 주무르는 중이었다.

그러던 어느 순간.

"아가씨."

문밖으로부터 들리는 목소리에 상소교가 짧게 대답했다.

"들어와."

말이 끝나기가 무섭게 문이 열리며 호위 무사 창월이 발을 들이며 예를 갖췄다.

"어떻게 됐어?"

"그것이…… 일련의 분위기로 보아 패퇴 또는 전멸을 당한 듯싶습니다. 청풍검문은 아무런 인명 피해도 입지 않은 모양입니다."

상소교의 아미가 순간 뾰족이 올라갔다.

"뭐라고?"

"은형살귀가 행동을 취하던 그 날, 공교롭게도 천금각과 잔혼각이 청풍검문과 일전을 벌인 것으로 확인이 되었으나…….”

“허! 그 전부를 청풍검문이 물리쳤다고? 단 한 명도 죽지 않은 채로?”

“천금각은 총력을 동원했다가 전부 죽었고, 잔혼각 역시 주요 전력이 몰살되었습니다.”

“검무영의 힘이 그 정도였나?”

“청풍검문의 저력이, 아니…… 검무영의 수완이 우리 예상을 상회하는 것 같습니다. 여하간 이번 일의 뒷수습은 또 합영달이 맡았으며 천금각과 잔혼각은 폐문 절차를 밟고 해산했습니다. 현재 성도를 중심으로 그 소문이 급속도로 퍼지고 있는 중인데, 조만간 청풍검문은 사천성을 비롯한 타 지역 사람들 입에 오르내리며 유명세를 치르겠지요.”

“혹시 타 문파의 도움을 받은 것은 아니고?”

“예, 그러한 정황은 없었습니다.”

그녀는 연홍빛 입술을 지그시 깨물다가 재차 목소리를 발했다.

“은형살귀는 살았어, 죽었어?”

“아직 파악되지 않았습니다. 때문에 앞서 패퇴 또는 전멸을 당한 듯싶다고 말씀드린 것입니다.”

“어쨌든 이것으로 말미암아 또 큰판이 벌어지겠네.”

그러자 창월이 고개를 주억였다.

"단두혈맹 총부 전력이 움직이는 것은 물론이고, 지난 삼 년 동안 별 활동이 없던 구유사신도 모처럼 칼을 꺼내 들지 않을까 예상됩니다."

"그럼 일이 또 재미있어지겠지. 하지만 뭔가 찜찜해. 검무영, 그자…… 여전히 힘을 다 드러내지 않은 듯한 느낌이 강하게 들어."

상소교의 말에 창월이 돌연 자신의 허리에 걸린 환도의 칼자루를 만지작거렸다.

"정 궁금하시다면 제가 한번 나서 볼까요?"

자신이 직접 검무영과 일전을 벌여 그 실체를 파악해 보는 것도 한 방법이란 뜻이다.

"아니."

단호히 손을 내저은 상소교가 말을 이었다.

"내 흥미를 자극하는 장난감을 벌써부터 망가뜨릴 셈이야?"

"죄송합니다. 전 그저……."

"알아, 날 위해서 그런다는 거. 하지만 네가 직접 나서는 건 검무영이 내 재량으로 다룰 수 없을 때 이야기라고. 넌 최후의 수단이야, 명심해."

"알겠습니다."

이내 상소교의 입가에 싸늘한 미소가 맺혔다.

“만약에…… 단두혈맹마저 속수무책으로 당한다면 특별한 무대를 마련하는 수밖에 없겠어.”

“무대라니요?”

“당금 무림의 여러 큰손을 한자리에 모으는 거지. 그래서 내가 보는 앞에 검무영과 그 일당이 날뛰는 걸 감상할 거야.”

“그 말씀은…….”

“존자 반열을 포함한 여러 유명 인사를 초빙한 대규모 비무 대회의 개최, 어때? 괜찮지 않아?”

“확실히 좋은 방법인 듯싶습니다. 본 단이 비무 대회를 공식 후원한다고 말하면 아마 다들 눈에 불을 켜고 지원할 것입니다.”

“현 무림에 있어 가장 막강한 세력은 철무련도, 대붕성도 아니야. 바로 이곳 천보상단이지. 돈은 무엇이든 가능하게 만드는 힘을 가졌으니까. 깔깔깔.”

“우선은 단두혈맹과 청풍검문의 격돌이 어떻게 끝나는지 지켜봐야겠군요.”

그 순간.

“앗!”

상소교가 인상을 찌푸리자 그 종아리를 주무르던 소녀가 화들짝 놀라 납작 엎드렸다.

"아! 죄, 죄송합니다. 아가씨."

별안간 상소교의 눈빛이 차갑게 굳었다.

"이 미천한 계집……! 그것 하나 부드럽게 못 주물러?"

"잘못했습니다! 제, 제발 살려만 주세요!"

소녀는 겁에 잔뜩 질린 채 머리조차 들지 못하고서 몸을 떨었다.

"흥, 누가 죽인대?"

콧방귀를 뀐 상소교가 손을 내밀자 창월이 품에서 소도(小刀) 하나를 꺼내 건넸다.

상소교는 소도를 꽉 움키며 두 눈 위로 살기를 내뿜었다.

"살려 줄게. 대신 벌은 받아."

그녀는 엎드린 소녀의 좌수를 노려 곧바로 소도를 세게 내려찍었다.

콰아악! 푸우욱…….

절단된 네 손가락이 핏물을 퍼뜨린다.

"꺄아아악, 꺄아아아악!"

"출신이 천한 것들은 어쩜 이렇게 비명도 듣기가 싫은지."

그렇게 말한 상소교의 소도가 하나 남은 엄지마저 끊어 버렸다.

끔찍한 고통을 견디지 못한 소녀가 바닥을 데굴데굴 구

른 순간 창월이 지풍을 날려 마혈을 두드렸다.

호홀지간 고요함에 잠긴 내실.

마혈을 짚인 소녀가 그대로 정신을 잃은 것이다.

상소교는 아무렇지 않은 얼굴로 소도를 바닥 한옆에 던지고는 나지막이 명령했다.

"이 계집은 쓸모가 없네. 사창가에 팔아 버려."

"그러지요."

창월은 대답과 함께 기절한 소녀를 지혈시킨 후 두 팔로 안아 들고 밖으로 조용히 사라졌다.

*　　*　　*

"구살령(九殺靈), 정신이 좀 드는가?"

고요한 석실을 울리는 나지막한 목소리.

침상에 누워 있던 은형살귀의 눈꺼풀이 자잘한 떨림을 일으키더니 이내 스르륵 올라갔다.

시야에 가장 먼저 담겨 든 것은 거무스름한 천장이었다. 뒤이어 고개를 옆으로 비틀자 삼면의 벽을 빼곡히 채우고 있는 목패가 보였다.

죽은 고수들 명이 음각된 이백여 개의 목패…….

은형살귀는 그제야 이곳이 제 근거지인 사천 지부 내부

임을 깨달았다. 그러다가 침상으로부터 조금 떨어진 탁자에 자리한 예의 목소리의 주인과 눈길이 마주쳤다.

시커먼 방립을 쓴 오십 대 자객.

냉담성을 풍기는 날카로운 인상의 그는 일신에 걸친 흑색 장포가 헐렁해 보일 정도로 깡마른 체구를 가지고 있었다.

순간 은형살귀의 눈동자가 작은 파문을 일으킨다.

'아니, 그가 어떻게 여기에……?'

그는 다름 아닌 단두혈맹 호북 지부의 수장이자 구대살령 서열 삼 위의 강자, 명계숙수(冥界熟手)였다.

"그대로 누워 있게. 아직 아침일세. 일단 검상을 봉합한 후 특제 금창약(金創藥)을 발라 놓긴 했지만 최소 열흘 가까이 요양해야 거동에 불편함이 없을 것이야."

명계숙수의 말에 은형살귀는 조용히 눈알을 아래로 굴려 제 하복부를 칭칭 감싼 붕대를 바라보다가 입술을 꽉 깨물었다.

'크윽……! 내가 이런 꼴을 당할 줄이야.'

아직도 뇌리에 선하다.

이름 모를 반로환동의 고수가 펼쳐 보였던 그 가공할 무위가…….

단두혈맹에 몸담은 이후로 그토록 죽음의 공포를 절실히

느낀 적은 처음이었다. 그 미증유의 무력 앞에 몸도 마음도 모두 제압을 당했다.

"죄송합니다, 삼살령(三殺靈). 면목이 없습니다."

은형살귀가 읊조리듯 중얼거리자 명계숙수가 깡마른 몸을 일으켜 세워 침상 가까이로 다가섰다.

"부맹주의 전갈을 받고 혹시나 하는 마음에 와 보았다가 옆구리를 깊이 꿰뚫린 채로 혼절해 있는 자네를 발견했지. 사천 지부 지척의 숲 속에서……."

부맹주, 즉 단두혈맹의 이인자이자 구대살령의 으뜸인 살생판관을 뜻함이다.

"그런 몸 상태로 용케 예까지 왔더군. 하여간 발견되는 시기가 조금만 늦었더라도 절명하고 말았을 것이네. 결국 생존한 맹원은 자네뿐인가?"

그러자 은형살귀의 얼굴이 수치심으로 붉게 물들었다.

"부끄럽지만…… 그렇습니다. 괜한 호기심에 이끌려 본맹의 명예에 먹칠을 하고 말았군요."

"황룡이 승천하면서 여의주가 박힌 전능의 신검을 놓고 갔다던데, 그건 어떻게 되었나?"

"아쉽지만 진위 여부를 확인하지 못했습니다. 청풍검문 내로 침투하려는 찰나에 그만 상대의 손속에 당하고 말았으니까요."

"청풍검문 따위에 소속된 검수가 자네를 그렇게 만들었을 리는 만무한데……."

말끝을 흐린 명계숙수가 의혹의 눈빛을 쏘자 은형살귀가 침울한 표정으로 입을 열었다.

"청풍검문 검수에게 당한 것이 맞습니다."

"……!"

"참으로 경악스럽게도 반로환동을 이룬 무인이 그곳에 적을 두고 있더군요."

일순 명계숙수의 낯빛이 가볍게 흔들리고.

"반로환동……!"

미처 예상치도 못한 말이다.

"심지어 외형도 열 살배기 남아였습니다."

"무어라?"

"믿기 힘드시겠지만 사실입니다. 제가 이끌고 간 전력이 전부 그 한 명의 손속에 의해 무참히 몰살을 당했습니다."

"소동으로 화한 고수라니, 일반적인 반로환동의 궤를 벗어난 경지인 모양이군. 흐음…… 그게 과연 가능하단 말인가."

"일신에 보유한 내공이 가히 엄청난 수준이었습니다. 막대한 힘이 실린 허공섭물을 자유자재로 구사하는 것이 마치 맹주님의 무위를 연상시킬 정도였으니까요. 게다가 더 놀라운 점은…… 제가 근자에 이르러 새로이 터득한 검술의 요체를 그자 또한 잘 알고 있다는 것이었습니다."

"그게 무슨 뜻인가?"

"맹주님께서 십삼 년 전쯤 저희한테 나눠 주셨던 검술 책자, 기억하십니까?"

"잠깐만, 자네가…… 그 난해한 구결을 해석해 익혔다고?"

"예. 그것은 다름 아닌 고절한 쾌검술을 운용하는 묘리였습니다. 한데 그 반로환동한 고수는 일련의 요체를 정확히 파악하고 있는 것은 물론이고 직접 출수까지 해 보였습니다. 내공 공부는 말할 것도 없고 검의 속도, 위력, 모든 면이 저를 훌쩍 상회하는 가공할 수위였지요."

"허, 정말이지 불가해한 일이군. 설마 과거에 맹주님과 모종의 관계를 맺은 자이려나?"

하나 곧 부정하는 그다.

"음…… 아니지, 아니야. 그럴 리는 만무하다."

방갓을 어루만지며 잠깐 생각에 잠겨 있던 명계숙수가 곧 표정을 고치곤 은형살귀를 향해 명령처럼 일렀다.

"일단 몸부터 돌본 다음 총부에 보고서를 올리도록 하게. 난 따로 성도에 인원을 파견해 추가적인 정보를 수집해 보겠네."

"알겠습니다."

"참, 그리고……."

"예, 말씀하십시오."

"내 생각엔 황룡의 신검과 관련한 소문은 누군가가 의도적으로 부풀려 퍼뜨린 것이 아닐까 싶군. 용의 존재를 믿는 자네를 일부러 끌어들이기 위한…… 일종의 거부할 수 없는 미끼를 던진 셈이지."

동시에 은형살귀의 안색이 돌처럼 굳는다.

"미끼……? 삼살령께선 혹 짐작 가시는 바가 있습니까?"

명계숙수는 안광을 가라앉히더니 이내 방립을 고쳐 쓰곤 신형을 뒤돌려 걸음을 옮겼다.

"뭔가 냄새가 나는군. 면밀히 조사해 보면 자연히 알게 되겠지."

그렇게 말한 명계숙수가 석실의 문을 밀며 목소리를 이었다.

"만에 하나 이번 일을 주도한 불순한 세력이 있다면…… 본 맹의 명예를 실추시키게 만든 대가를 치르도록 만들 것이네. 피의 보복, 그것이 바로 본 맹의 철칙인 것을."

뒤이어 말을 보태기를.

"맹주님의 후계자가 된 것을 축하하네. 예의 책자의 요체를 전부 익혔다면…… 자네는 필시 차대 맹주로 추대될 테니까. 훗, 앞으로 잘 부탁하네."

*　　*　　*

아침 식사가 끝나고 오전 수련을 위해 연무장에 모인 문도들.

이윽고 장내에 나타난 관궁은 육십여 명의 평제자를 상대로 짙은 살기를 토하며 수업의 시작을 알렸다. 그리고 초등생 상급반 역시 대열을 갖춰 기본 수련 십 단계에 돌입했다.

한편.

하연설을 비롯한 적전제자 일동은 한쪽에 모여 자리한 채 누군가를 기다렸다.

다름 아닌 운몽향아.

앞서 식당을 나서기 직전 그녀가 했던 말 때문이다.

—교두님께서 특별히 여러분 지도를 당부하고 가셨어요. 그러니 오늘부터 다섯 명 전부 나의 가르침을 받게 될 거예요. 일단 연무장에 모여 대기하도록 해요. 설거지를 끝내 놓고 바로 갈 테니까요. 알았죠?

다들 처음이다.

운몽향아의 가르침을 받는 건.

파초대마후의 진전은 검술이 아닌데 도대체 뭘 가르친다는 것일까?

대략 일각 정도 시간이 흘렀을 때, 운몽향아가 절색의 미모를 뽐내며 연무장으로 발을 들였다.

이내 적전제자들 앞에 자리한 그녀가 생긋 웃으며 말했다.

"내가 가르칠 것은 다름 아닌 청풍검결을 보조할 몇 가지 기예랍니다. 전음술, 경공술 등 현재 내공 수위에 걸맞게 여러 가지 유용한 공부를 깨닫게 만들 계획이에요."

"네, 알겠습니다!"

일동이 입을 모아 대답한 직후 운몽향아가 돌연 표홀한 보법을 펼쳐 순식간에 삼 장 거리를 왕복했다.

그야말로 눈 깜박할 사이에 이뤄진 운신.

다들 향상된 안력으로도 희미한 잔상밖에 파악할 수 없을 만큼 가히 절륜한 움직임이었다. 게다가 그 움직임이 전력을 다한 것이 아님을 잘 알고 있었기에 감탄을 금치 못했다.

'대단해! 역시…….'

하연설 등이 경이롭다는 눈빛을 띠는 가운데 마봉은 홀로 흐뭇한 미소를 머금었다.

'캬, 내가 진짜 전생에 나라를 구한 모양이다. 저런 여인의 사랑을 받다니…….'

그때 운몽향아가 대뜸 시뻘건 주걱을 휘둘러 마봉의 뺨을 찰싹! 갈겼다.

"끄악!"

옆으로 세게 휘청거리는 그의 신형.

갑작스러운 구타에 하연설, 단선후 등이 화들짝 놀랐다.

가까스로 중심을 잡고 선 마봉이 뺨을 쓰다듬으며 당혹스러운 표정을 짓자 운몽향아가 곧바로 일침을 가했다.

"서방님, 정신 바짝 차리세요. 저는 지금 서방님의 연인이 아닌 지도자로서 자리한 것이니까요. 그렇게 헤벌쭉거리면 곤란해요."

"윽, 그런……."

"제대로 못 하면 벌할 거예요. 발가벗겨 놓고 이 주걱으로 엉덩이를 마구 때릴 수도 있어요."

직후 그녀의 옥용이 돌연 발그스레한 홍조로 물들었다.

"꺄! 어떡해, 왠지 해 보고 싶어! 엉덩이를 찰싹, 찰싹…… 흥분될 것 같아. 아흥."

그러자 일동이 사색이 된 얼굴로 머리를 절레절레 흔든다.

'으으……! 생각만 해도 끔찍한데.'

운몽향아가 금세 낯빛을 바꾸더니 말했다.

"내가 방금 펼쳐 보인 경공술은 초상비(草上飛)랍니다."

"초, 초상비!"

적전제자들 동공이 일제히 놀라움으로 크게 흔들렸다.

초상비란 글자 그대로 풀잎을 밟아도 휘어지지 않는다는 상승 경공술이었다.

예전 관궁이 시전한 바 있는 답설무흔의 한 단계 아래라 할 수 있는 공부로 일류 고수라 하더라도 성취하기 쉽지 않았다.

주걱을 도로 꽂아 넣은 운몽향아가 다시 목소리를 이었다.

"앞으로 삼 일이에요. 그 기간 안에 초상비의 요체를 깨우치지 못하면 내가 호되게 맴매할 거예요. 호홋."

* * *

하루, 이틀, 사흘, 나흘…….

그렇듯 시일이 흐르는 와중에 성도를 중심으로 떠돌던 소문이 사천성 전역으로 퍼져 나가기 시작했다.

—성도 내 사파 무문의 으뜸 자리를 놓고 다투던 천금각과 잔혼각이 힘을 모아 청풍검문을 습격했다가 도리어 멸문의 화를 당했다!

그 파장은 실로 컸다.

사천성 내의 각 도시마다 청풍검문과 관련한 이야기가 끊이질 않았으니까.

정파는 정파대로, 또 사파는 사파대로 청풍검문의 갑작스러운 활약에 큰 충격을 받은 분위기였다. 특히 사천 지역에 기반을 둔 사파 무리는 청풍검문의 갑작스러운 활약에 촉각을 곤두세웠다.

그리고 열흘째 되는 날.

뭇사람은 청풍검문을 변화시킨 신임 교두를 향해 이렇게 말했다.

—사천성에 새로운 무백 반열의 절정 고수가 나타났다! 그의 이름은 바로 검무영이다!

* * *

해가 뉘엿뉘엿 떨어질 무렵.

검무영이 철문을 열고 연무장으로 들어섰다.

"내가 자리를 비운 사이에 설마 농땡이 치진 않았겠지?"

동시에 하연설을 비롯한 일동이 열흘 만에 귀환한 그를 보며 저마다 반색을 표했다.

한데.

반가움도 잠시, 다들 이내 두 눈이 휘둥그레진다.

'어?'

좌우로 개방된 철문 너머의 공간에 어마어마한 크기의 철 덩어리 십여 개가 놓여 있는 것이 보였기 때문이다.

"교, 교두님…… 저게 다 뭔가요?"

하연설이 어리둥절한 얼굴로 묻자 검무영이 어깨를 으쓱거렸다.

"만년한철."

그 말에 다들 경악실색했다.

'에엑? 저게 다 만년한철이라고?'

가까스로 표정을 수습한 하연설이 재차 물었다.

"세상에……! 한두 개도 아닌데, 도대체 어디서 구해 오신 거죠?"

검무영이 피식 웃더니 곧 발걸음을 떼며 심드렁하게 대꾸했다.

"길 가다가 주웠어."

*　　*　　*

어느 바위산 절벽 아래에 위치한 커다란 동굴 앞.

붉은 피풍을 두른 사십 대 사내가 그 입구에 설치된 철문이 무참히 파괴된 것을 보며 노성을 발했다.

"또 털리다니……!"

그러자 한옆에 부복해 있던 일련의 무리가 겁에 질린 표정으로 머리를 조아렸다.

"죄, 죄송합니다! 도대체 어떤 놈인지 지난번과 마찬가지로 흔적조차 남기지 않고 만년한철 덩어리를 싹 훔쳐 가버렸습니다."

찰나 중년 사내의 체외로 짙은 마기(魔氣)가 사납게 뿜어져 나왔다. 그러자 일대 지면이 어지러이 거미줄을 그리며 움푹 꺼져 내렸다.

"갈! 감히 혈교(血教)의 물건에 손을 대다니…… 내 반드시 놈을 찾아 응징하고 말 것이야!"

*　　*　　*

"흠, 누가 내 욕하나?"

검무영은 잠깐 귀를 후비적거리곤 이내 개새를 보며 명령했다.

"흥청, 망청이랑 함께 저것들 전부 안으로 옮겨 놔."

멍! 하고 짖은 개새가 꼬리를 살래살래 흔들며 활짝 열린 철문 밖으로 후다닥 뛰어나갔다.

그 직후.

"흐어엉!"

"우왕!"

괴성이 들리나 싶더니 철문 지붕 너머로 커다란 그림자 두 개가 솟구쳐 오른다.

다름 아닌 거대한 만년한철 덩어리를 머리에 인 흥청과 망청이었다.

허공으로 높이 도약한 둘이 곧 지면 위로 착지하자 연무장에 자리해 있던 문도들 모두 입을 쩍 벌리며 속으로 감탄했다.

'햐…… 진짜 대단하네! 처음 이곳에 왔을 때보다 더 강해진 것 같아! 만두를 먹은 덕분인가?'

'세상에……! 천옥창후가 괜히 청안신웅묘를 제자로 삼은 게 아니구나.'

'아니, 저것들 도대체 내공 수위가 어느 정도인 거지? 어지간한 고수는 함부로 덤볐다가 뼈도 못 추리겠어.'

검무영이 아무런 예고 없이 구해 온 만년한철 덩어리는 예전 진천당가에 가지고 갔던 것과 맞먹을 만큼 저마다 어마어마한 크기를 자랑했다. 또한 일류 수준의 내가 고수 여러 명이 들러붙어도 운반하기가 버거울 만큼 그 무게도 엄청났다.

한데 홍청과 망청은 무슨 광주리에 물건을 담아 옮기듯이 가볍게 들고 움직였으니…….

그때, 철문 저 너머로 솟구치는 그림자들.

육중한 만년한철 덩어리 네 개가 허공으로 둥실 떠오른 것이다.

장내 인원은 저마다 놀란 외침을 발했다.

"우와!"

"저, 저……!"

그사이 만년한철 덩어리들이 철문의 지붕 위를 격해 청옥석이 깔린 바닥 위로 사뿐히 내려앉았다.

'가히 절륜한 허공섭물이다!'

문도들 시선이 일제히 검무영 쪽으로 쏠린다.

"왜, 나 아닌데?"

검무영이 뒷짐을 진 채 두 눈을 똥그랗게 만든 찰나 관궁이 한껏 일그러진 얼굴로 외쳤다.

"크악, 뭐야! 저 개 놈의 새끼, 하다 하다 이제는 허공섭물까지 구사해?"

그에 하연설을 비롯한 문도들 표정이 새하얗게 탈색되었다.

'헉! 조, 조교님 솜씨였어?'

아니나 다를까.

"멍, 멍."

개새가 나머지 만년한철 덩어리를 전부 허공으로 띄워 옮기곤 철문을 통해 쫄래쫄래 들어선다.

대뜸 관궁이 그 앞으로 가 소리쳤다.

"이 망할 식충이, 그건 또 언제 깨우쳤어? 어!"

"멍, 멍멍!"

"뭐, 뭐가 어째? 그냥 보고 배워? 미친……!"

순간 주변 사람들 모두 머릿속이 멍했다.

허공섭물이란 최상승 내공 공부의 요체가 무슨 애들 장난도 아니고, 대충 눈으로 보고 익혔다는 게 당최 말이나 되는 소리인가? 그것도 사람이 아닌 한낱 짐승이……?

금강불괴지체의 경우 대환단 여덟 개를 복용하며 자연스럽게 성취하게 된 것이고, 사자후를 비롯해 궁신탄영이나 허공답보 같은 극상의 공부도 어떤 상황에 직면하면 동물적인 본능에 이끌려 발휘되는 것이라 여겼는데…… 어쩌면 그게 아닐 수도 있겠단 생각이 강하게 들었다.

'서, 설마 내공과 기맥의 상호작용에 대해 제대로 이해하고 있는 것 아냐?'

다들 똑같은 의문을 품은 가운데 관궁이 콧방귀를 뀌더니 제 가슴 앞으로 팔짱을 척! 꼈다.

"개소리 지껄이지 마! 아…… 어차피 개새끼이니 개소리가 맞긴 하네. 크큭. 허공섭물은 그저 우연일 뿐이야."

하나 개새가 무시하지 말라는 듯이 멍멍! 짖는다.

"얼씨구, 이게 끝까지…… 그럼 지금 다시 펼쳐 봐! 깃털처럼 위로 날려 보라고!"

그런 관궁의 말에 시무룩한 눈빛을 띠는 개새.

정곡을 찔린 모양이다.

"푸훗! 그럼 그렇지, 한낱 개 대가리 따위로 기공의 원리를 파악했을 리 만무하거늘!"

"멍, 멍! 멍멍, 멍!"

"어억! 뭐라고?"

돌변하는 관궁의 낯빛. 그리고 입꼬리를 샐쭉 올리는 개새.

급작스레 역전된 분위기에 일동이 고개를 갸웃거렸다.

'엥? 왜 저래? 또 무슨 말을 들은 거야?'

'뭔가 반응이 심상치 않은데…….'

하연설이 궁금증을 참지 못하고 조심스레 물었다.

"저, 교관님? 방금 조교님이…… 뭐랬기에……?"

그러자 관궁이 어이없다는 표정으로 그녀를 바라보며 중얼거린다.

"저 미친 개새끼가…… 검기 발출은 언제든지 가능하다는데?"

"엣?"

하연설을 포함한 문도들 눈깔이 찢어질 듯이 확장되었다.

"멍, 멍!"

개새의 의기양양한 목소리에 관궁의 이마 위로 핏대가 솟구쳤다.

"뻥도 정도껏 쳐! 손이 없어 칼도 못 쥐는 주제에 검기는 무슨 검기……."

말을 다 끝맺기도 전에 개새가 꼬리를 일자로 뾰족이 세우곤 옆으로 획 꺾었다.

그와 동시에.

쉬이이익!

꼬리를 통해 발출된 한 가닥 예리한 기운이 그대로 저편 동쪽 담장에 꽈앙! 하고 부딪치며 커다란 구멍을 뚫었다.

그 광경을 본 장내 사람들 모두 정신이 혼미해졌다.

'세상에!'

그것은 분명히 검기였다.

앙증맞은 꼬리가 칼을 대신한 것이다.

금강불괴지체를 이룬 까닭인지 꼬리를 이용해 실제로 칼을 휘두른 듯한 위력을 발휘했다.

잠깐만, 저것도 허공섭물처럼 운 좋게 시전된 것 아냐? 라는 의혹이 문도들 뇌리를 스친 때.

"멍!"

개새의 꼿꼿이 선 꼬리가 좌우로 촤촤촤촤! 쾌속하게 움직이자 무수한 검기가 부챗살 모양으로 퍼져 나가 담장을 마구 두드렸다.

꽈과과과광, 꽈과과과과광—!

안 그래도 절반 가까이 망가진 동쪽 담장이 먼지구름을 일으키며 완전히 무너져 내리고 말았다.

'억! 저토록 완벽한 수준의 검기라니……!'

우연은 개뿔, 진짜로 검기를 구사하는 법을 깨우친 게 분명하다.

관궁의 보신탕 계략을 무참히 짓밟고 반박귀진을 이룬 뒤부터 나날이 진화하는 것 같은데.

별안간 홍청과 망청이 대뜸 뒤뚱뒤뚱 움직이더니 개새의 몸뚱이를 들고는 헹가래를 친다.

"우앙, 우아앙!"

"꾸흐응! 꾸흐으응!"

진일보 성취를 축하합니다, 전능하신 개새 조교님! 저 오만한 사람 새끼들 보는 앞에서 명색이 영물로서의 위신을 세워 주셨군요!

흡사 꼭 그런 느낌이다.

눈을 부라린 관궁이 고개를 옆으로 홱 돌렸다.

"야, 검씨! 혹시 네가 모종의 가르침을 준 건 아냐? 날 본격적으로 망신당하게 하려고!"

따아악—!

"끄윽!"

붓대가 제발 주둥이 좀 닥치라고 대가리를 두드렸다.

딱, 딱, 딱, 딱……!

"끄악, 끄악, 끄아악……!"

"개새가 그렇다고 말하면 그러려니 할 것이지, 왜 자극해서 애꿎은 담장을 부수게 만들어? 하여간 나이를 거꾸로 처먹어서는."

"아악, 젠장! 알았어, 알았다고!"

비로소 매타작을 멈춘 검무영이 세 짐승을 향해 나지막이 일렀다.

"시답잖은 짓거리 그만하고 합 대인한테 받은 궤짝이나 가져와."

움찔한 흥청과 망청은 얼른 헹가래를 멈췄고, 개새는 즉시 창고가 위치한 방향으로 휙 사라졌다.

검무영이 이내 하연설 쪽으로 시선을 옮겼다.

"내가 없는 동안 숙제는 다 끝냈나?"

그녀가 눈동자를 반뜩 빛내더니.

『네!』

새로 깨우친 전음술을 통한 대답에 검무영이 희미한 웃음기를 머금었다.

'훗, 제법이군.'

그러곤 다시 목소리를 이었다.

"너희 모두 내일부터 검을 휘두르며 일련의 검초를 익히게 될 거다. 내공 또한 상당량 소모하게 될 테니 다들 시간이 날 때마다 축기를 해 놓도록. 뒤처지는 녀석은 알아서 해."

"예, 알겠습니다!"

다섯 명이 입을 모아 대답한 순간 경내 잡무를 끝낸 초등생 하급반 무리와 당능통이 연무장에 나타나더니 검무영을 발견하곤 그 앞에 우르르 모여 서며 정중히 예를 갖췄다.

"정비사, 일의 진행은?"

"예, 집무실 책상에 가져다 놓았습니다. 지난 세월 침체기를 겪으며 낡은 상태로 방치된 시설이 많아 손을 봐야 할 곳이 한두 군데가 아니더군요. 일단 제가 작성한 것을 읽어 보고 말씀해 주십시오."

"됐어, 어차피 시설 전부를 손볼 셈이었으니까."

발끈한 당능통은 주먹을 꽉 움켰다.

'망할……! 애초에 그럴 심산이었으면 왜 조사하라고 한 거야! 똥개 훈련시키는 것도 아니고!'

그러거나 말거나 검무영은 제 할 말만 내뱉었다.

"내일부터 정비사 주도로 건물부터 담장에 이르기까지 본 문을 전격 개조해 나갈 생각이다."

당능통이 곧장 물었다.

"교두님, 혹시 저 만년한철 덩어리 전부를 개보수 작업에 사용하실 참입니까?"

검무영이 고개를 끄덕이자 당능통은 어이가 없다는 표정이었다. 만약 타 문파 사람이 이 상황을 봤다면 기겁한 얼굴로 극구 만류했을 것이다.

'크윽, 병기를 제작하라고, 병기를! 나 원, 만년한철 귀한 줄을 모르고…… 저 정도 양이면 최소 칼 오륙천 자루는 너끈히 만들 수 있단 말이다!'

상대의 심중을 읽은 듯 검무영이 씩 웃었다.

"만년한철로 제작한 칼 따윈 필요 없어. 일신의 공력을 만년한철처럼 견고하게 다지면 손에 뭘 쥐든 가공할 힘을 발휘할 테니까."

하, 말이야 쉽지!

당능통은 속으로 그렇게 외쳤다.

바로 그때, 개새가 큰 궤짝을 끌고 나타났다.

검무영이 손을 가볍게 휘젓자 자물쇠가 쩡! 하고 깨졌다.

"열어 봐."

그 말에 당능통이 얼른 궤짝의 뚜껑을 열자.

"어엇! 이, 이것은……?"

궤짝 속에 가득 담겨 있는 것은 다름 아닌 온갖 종류의 암기였다. 그것도 심지어 관군이 개발해 사용하고 있는…….

질풍신전(疾風神箭), 쇄혼표(碎魂鏢), 폭우철정(暴雨鐵釘), 절명향우침(絕命香羽針) 등등 하나같이 대량 살상에 특화된 가공할 묘용을 가진 암기들.

신형을 뒤돌린 검무영이 걸음을 옮기며 말했다.

"그걸 참고로 더 좋은 암기를 개발해. 그래서 각종 시설에 설치하는 거야. 앞으로 밤중에 개미 새끼 하나 얼씬하지 못하게끔."

당능통은 멍한 얼굴로 그의 멀어지는 뒷모습을 바라보았다.

'청풍검문을 아예 하나의 거대한 암기 기관 장치로 만들라는 소리인가?'

한데.

가만히 생각해 보니 왠지 재미있을 것 같다.

'어허헛, 오냐, 그래! 내 별호가 무어냐! 신수야장이 아닌가! 팔십 평생을 축적한 경험을 토대로 현 무림 최고의 암기 기관 장치를 이곳에 설치하리라! 장차 어느 누구도 함부로 섣불리 접근하지 못할, 가히 무림사에 길이 남을 절세의 암기 기관 장치를……!'

그런 그의 입술이 소리 없이 선명한 반월을 그렸다.

第五章

같은 요체(要諦), 다른 검초(劍招)

달빛을 받은 격자창이 그물 같은 그림자를 넓게 펼치고 있는 장방형의 내실.

침상에 누운 하연설은 두 눈을 지그시 감은 채 아무런 미동조차 없었다.

하나 잠든 것이 아니었다.

지금 그녀는 지난 열흘 동안 밤마다 노력해 완성했던 숙제를 다시 한 번 복습하는 중이었다.

검무영이 아무런 말도 없이 홀연 떠나 버렸던 날, 운몽향아는 오후 수업을 끝내며 그렇게 말했었다.

—비록 교두님이 안 계시지만 청풍검결 초식 수련은 중단된 것이 아니에요. 사실 교두님께선 그 연장선이라 할 수 있는 숙제 한 가지를 내주고 가셨답니다. 오늘부터 저녁 식사를 마치거든 곧장 방으로 가 잠들기 전까지 온전히 기억해 낸 일련의 검세와 각자 붓글씨 연습을 통해 완성한 필체를 비교해 봐요. 그럼 뭔가 깨닫는 바가 있을 거예요. 그리고 경리는 붓글씨 연습을 건너뛴 대신 금라위광검법이 쾌검의 식으로 변화하며 나타난 차이점을 파악하도록 하고요. 아, 참고로 서로 상의하는 것은 절대 금지랍니다. 알겠죠? 호홋.

처음엔 다들 '또 골치 아프게 명상 수업이야?' 라며 난색을 표했지만 며칠 뒤 하연설을 시작으로 단선후, 마봉, 양욱이 차례차례 깨달음을 얻었다.

그것은 다름 아닌 필체와 검초의 연관성.

정확히는 제각기 다른 글자 획의 특징이 잔혼각 무리를 상대로 펼친 검세에 그대로 반영되어 나타났다는 사실을 깨닫게 된 것이었다.

선우경리 역시도 일류 무재답게 금라위광검법의 요체가 어떻게 변했는지 하나하나 면밀히 분석해 뇌리에 각인시켰다.

그렇게 전원 숙제를 완수했을 때, 성취의 기쁨보다는 놀라움이 더 컸다.

단 한 번의 실패도 없는 가파른 발전 때문이다.

나아가 자연스럽게 그러한 성장 가도를 달리게 만든 불가해한 존재 검무영 때문이다.

이윽고 복습을 끝내고 눈을 뜬 하연설은 상체를 일으켜 세우며 여러 가지 의문점을 떠올렸다.

대관절 검무영은 무슨 수로 이 모든 상황을 훤히 꿰뚫어 본 듯이 가르침을 내릴 수 있는 걸까? 젊은 나이와 관계없이 경험이 풍부한 탓일까? 아니면 혹 앞날을 예측하는 신비로운 힘이라도 지닌 건가?

'정말이지 시간이 흐르면 흐를수록 궁금해 미치겠어. 물론 당장 알 방도는 없지만…….'

무엇보다 가장 궁금한 것은 바로 검무영의 스승이었다.

일전 신병이기로 무장한 새외의 적을 상대로 도저히 인세의 그것이라 보기 힘든 괴물 같은 무력을 발휘하던 검무영의 모습을 생각하면 그 스승 역시 엄청난 인물일 것임이 틀림없는데.

'나중에 우리한테 말해 주기는 할까? 자신이 장담한 대로 본 문이 삼 년 내 강호 무림의 정점에 우뚝 서게 된다면

그냥 훌쩍 떠나 버리는 건 아닌지…….'

하기야 충분히 그러고도 남을 위인이다.

별안간.

하연설의 눈동자가 깊게 가라앉았다.

'그래, 언젠가는 떠날 사람…….'

잠시간 망각하고 있었다.

애당초 검무영은 청풍검문 출신이 아님을.

그는 엄연히 조부 하육기의 대리인이기에 한시적으로 전권을 휘두르고 있을 따름이다.

얼마 전 발언으로 말미암아 향후 삼 년 동안 청풍검문에 머물리란 것은 확인되었지만, 그 이후의 일은 장담할 수 없었다. 과연 이곳에 남아 있을 것인지, 떠날 것인지 여부가 불분명했다.

'삼 년 후, 그가 만약 사라진다면…….'

왠지 모를 서운한 감정이 흉중으로 스민다.

검무영이 교두로 취임한 뒤로 현재에 이르기까지 많은 것이 바뀌었다. 변화, 아니, 그것은 가히 일대 변혁이나 다름 아니었다.

지지부진하던 공부의 발전은 달리 말할 것도 없고, 긴 침체기를 겪으며 바닥을 친 사문의 위상마저 다시금 높은 곳을 향한 활기찬 날갯짓을 보이고 있었으니까. 특히 천금각,

잔혼각과 일전을 벌인 뒤부터 하루하루가 꿈만 같았다.

허무히 몰락할 줄로 알았던 사문인데, 이렇듯 빨리 세인의 주목을 받게 될 줄은 몰랐다.

배움의 과정은 뭐라 형언하기 힘들 만큼 괴로웠지만, 그로 인한 결실은 너무나도 달콤했다.

의당 기대감은 나날이 커지고 있고, 더불어 책임감도 나날이 커지고 있다.

물론 자신은 이 황홀한 꿈이 지속될 수 있도록 사력을 다할 것이다.

하지만 그러기 위해선 검무영에 대한 의존도를 줄여 나가야 하고, 검무영 본인 또한 궁극적인 목표가 청풍검문의 완벽한 자립임을 암시했기에 이별은 예고된 것이나 마찬가지였다.

솔직히 그가 추구하는 바를 모두 이루고 난다면 구태여 이곳에 남아 있을 이유는 없잖은가.

아마 그때쯤이면 하육기가 귀환해 다시 문주가 될 것이고, 검무영은 제 일행인 관궁 등과 함께 떠날 가능성이 크리라.

이런저런 상념에 사로잡힌 하연설은 나지막이 한숨을 뿜었다.

'시간이 지나 봐야 알 것 같지만…… 당장은 교두님 없

는 본 문을 상상하기가 힘들어'

그 순간.

앞서 저녁 무렵 복귀한 검무영의 모습이 머릿속을 스쳐 지나갔다.

열흘 만에 봐서 무척 반가웠는데 늘 그랬듯이 무심한 태도로 일관한 그였다. 겉으로 티를 내진 않았지만 내심 목이 빠져라 기다렸는데…….

아니다.

아주 잠깐 미소를 지어 보이긴 했다.

바로 운몽향아를 통해 깨우친 전음을 이용해 대답했을 때 말이다.

무슨 이유일까.

새삼스럽게 가슴이 뛴다.

'어머, 또…….'

—이제야 좀 예뻐 보이는군.

그가 했던 말이 생각나자 저절로 얼굴이 화끈거렸다.

'내가 왜 이래?'

하연설은 도로 침상에 누우며 빨갛게 달아오른 두 뺨을 손부채로 식혔다.

'피, 그런 말은 왜 내뱉어 가지고…….'

이내 두 눈을 꼭 감으며 호흡을 고른다.

그로부터 약간의 시간이 흘렀지만 여전히 묘한 여운을 간직한 심장은 두근대는 풀무질을 그치지 않고 있었다.

'어유, 참……! 싱숭생숭해서 잠이 안 와! 그도 어차피 별다른 의미를 두지 않은 말이었을 텐데…… 단순히 내 성취에 대한 칭찬이었을 뿐이라고.'

그녀는 베개 깊숙이 파묻은 머리를 도리도리 흔들었다.

덕분에 흑단 같은 머리칼이 산발이 됐지만 한껏 헝클어진 그 모습마저도 한 폭의 그림처럼 너무나 아름다웠다.

—이제야 좀 예뻐 보이는군, 이제야 좀 예뻐 보이는군, 이제야 좀…….

자꾸만 귓가를 맴도는 목소리.

'안 돼! 정신 차려, 하연설! 아버지, 어머니 묘비 앞에서 굳게 맹세했잖니! 본 문이 옛 영광을 되찾기 전까진 어떤 사내한테도 마음 휘둘리지 않겠다고…….'

이제 막 부활하기 시작한 사문의 상황과 더불어 유명을 달리한 부모의 생전 모습이 머릿속을 채우고 든다.

작고 여린 어깨 위에 짊어지고 있는 짐들을 하나둘씩 떠올리자 예의 떨림은 차츰 진정되었다.

이내 눈꺼풀이 무거워지기 시작한 하연설은 잠에 빠져들며 속으로 중얼거렸다.

'아버지, 어머니…… 부디 하늘에서 지켜봐 주세요.'

*　　*　　*

잠을 이루지 못한 신율은 달빛이 내려 깔린 내원의 정원으로 나왔다.

흉중에 똬리를 튼 고민.

다름 아닌 자신의 무위와 관련한 것이었다.

자신은 명색이 국주인데 표두인 백리대약보다 못한 내공 수위가 계속 마음에 걸린 까닭이다.

일전 관궁이 전음을 통해 어떤 해법이 있음을 넌지시 알려 주기는 했다.

—바보 같은 놈, 헛배웠군. 내 손속에 호되게 당하며 얻은 것을 활용할 줄을 몰라.

신율은 긴 수염을 쓰다듬으며 생각하고 또 생각했다.

'사종검황의 그 말씀, 분명히 뭔가 나 스스로 해결책을

찾을 수 있으리란 느낌이었는데…….'

조용히 정원을 거닐던 신율은 갑자기 내원 바깥으로 향하더니 긴 대로를 지나 이윽고 연무장에 발을 들였다. 그러자 아직도 바닥에 선명히 남아 있는 검무영이 쓴 글자가 눈에 들어와 박혔다.

청풍검결.

'저것은 청풍검결 초식의 요체를 교묘히 숨겨 놓은 글자…… 흐음, 사종검황 또한 저런 식으로 안배를 해 두신 것이 틀림없는 듯싶은데.'

신율은 그것을 가만히 바라보다가 대뜸 그 앞에 가부좌를 틀고 앉았다. 그런 다음 관궁이 자신을 상대로 구사하던 일련의 검세를 차례대로 떠올렸다.

절륜한 노고수답게 곧바로 마음을 가라앉혀 삼매경에 빠지는 그…….

그렇게 시간이 얼마나 지났을까.

'아! 옳거니!'

마침내 관궁의 검세에 숨어 있던 요체를 깨달았다.

획, 그리고 문장.

관궁의 검세를 하나씩 검초 단위로 쪼개 역순으로 되짚자 하나의 글귀를 이룬다는 사실을 간파한 것이다.

정욕의식(情欲意識),

진속망심(盡屬妄心),

소살득망심진(消殺得妄心盡),

이후진심현(而後眞心現).

'자기 자신의 마음만큼 알 듯하면서도 모르는 것이 없는 법, 무릇 모든 망심을 소멸시킨 뒤라야 진심이 나타나리란 뜻이로다!'

신율은 그 문장에 담긴 커다란 의미를 해석한 후 벌떡 일어났다.

'이것은 일종의 내공 성취와 관련한 심결이다!'

하나 여기서 또 고민이 생겼다.

머릿속에 글귀를 완성하고 그 의미까지 알아냈지만 심결을 운용하는 방법이 과연 무엇인지 모호했기에.

단순히 문장이 뜻하는 바만 가지고선 풀기 힘들었다.

'이대론 안 된다! 도움을 청하자!'

신율은 즉각 내원으로 돌아와 관궁의 처소 바로 앞까지 갔지만 차마 그 문을 열지 못했다.

'가만, 왠지 혼날 것 같은데…….'

—쌍! 이 멍청한 새끼가 이젠 내가 밥도 떠먹여

줘야 하나! 어? 뒈지고 싶어!

아마 관궁이라면 그렇게 나오고도 남을 것이다.

신형을 뒤돌린 그는 잠깐 검무영이 머무는 정당 쪽을 힐긋 보다가 고개를 절레절레 흔들었다.

'아니지, 아니야. 교두님은 더더욱…….'

필시 말도 없이 다짜고짜 매타작부터 당할 것임이 뻔한데.

결국 최종 선택지는 운몽향아의 방.

신율은 조심스럽게 반대편 처소 문전에 이르러 기감을 돋웠다. 그러자 마봉과 운몽향아의 기척이 감지되었다.

아직 잠들지 않았음이 분명했다. 또한 방사를 치르는 것도 아닌 모양이었다. 만약 그랬다면 헐떡이는 숨소리부터 먼저 들렸을 테니까.

"영양사님, 죄송하지만 잠깐 상담을 할 수 있을까요?"

신율의 나지막한 목소리에 문 너머로 운몽향아가 화답했다.

"어머, 상담이요? 네, 안으로 들어와요."

반색한 그는 즉각 문을 좌우로 젖혔다.

그런데.

'억!'

미처 발을 들이기도 전에 안색이 새하얗게 굳어 버린다.

전혀 예상치 못한 충격적인 광경.

"으읍, 읍, 으읍……."

침상 위에 누운 마봉은 입에 동그란 나무 재갈을 물고 검은 띠로 눈을 가린 채 사지가 밧줄에 묶여 있었고, 그 옆엔 운몽향아가 속살이 비치는 야한 잠의를 걸치고서 가죽 채찍을 들고 서 있었기 때문이다.

'저, 저게 무슨……?'

뭐랄까, 마치 모종의 학대를 당하는 것 같은 모습이다. 그런데 그게 또 웃긴 게 왠지 야릇한 분위기를 선사한다.

눈이 마주친 운몽향아가 생긋 웃었다.

"서방님과 놀다가 잠깐 쉬는 중이에요. 자, 이리로 와서 앉아요. 나랑 상담할 게 있다고 했죠?"

질겁한 신율이 뒷걸음질 치며 말했다.

"아, 아, 아닙니다! 제, 제가 봐선 안 될 것을 본 것 같습니다. 다음에 다시 올……."

"아잉, 뭘 겁내고 그래요."

순식간에 거리를 압축한 그녀가 쾌속한 손놀림으로 신율의 멱살을 덥석! 잡곤 안으로 이끌었다.

달칵.

그렇게 문은 닫혔고.

반 시진 후 가죽 채찍으로 엉덩이를 때리는 음향이 연속적으로 터져 나왔다.

"끄아악, 끄아아악, 끄악……!"

신율의 괴로운 비명, 이어지는 운몽향아의 간드러지는 소성.

"꺄르륵. 참아요, 국주. 이 과정이 끝나면 큰 성취가 있을 테니까요."

* * *

아침 햇살이 새벽안개를 뚫고 엇비스듬히 비쳐 퍼지는 아래 기상 시간을 알리는 불침번의 종소리가 청풍검문 경내를 울린다.

땡, 땡, 땡, 땡…….

하품을 삼키며 일어난 하연설은 창문을 열곤 두 팔을 하늘로 뻗쳐 기지개를 켰다. 그러자 가슴의 둔덕이 한껏 도드라져 올랐다.

싱숭생숭한 마음 때문에 거의 자정이 다 되어 잠든 탓인지 몸이 살짝 무거운 감이 있었다. 하지만 체내 기맥을 따라 단전의 내력을 골고루 퍼뜨리자 금세 피로감이 사라졌다.

그 직후.

무슨 이유인지 기지개를 켠 자세 그대로 고개를 숙여 봉긋하게 솟은 가슴팍을 물끄러미 바라본다.

예전 검무영이 제 가슴을 두고 내뱉었던 말이 뇌리를 스친 까닭이었다.

—좀 작아. 짝사랑에 빠지게 만들어 미안한데 내 취향은 아니군.

'흥……! 언제는 자기 취향이 아니라더니, 인제 와서 뭐? 조금 예뻐 보여? 웃겨, 정말!'

그런 생각과 함께 입술을 뾰족이 내민 찰나.

"크큭. 볼 것도 없는 주제에 뭘 그렇게 가슴에 힘을 주고 그래? 그런다고 경리 고년처럼 탐스럽게 커질 줄 알아? 이미 늦었어."

갑작스레 들린 목소리에 이끌려 창밖의 마당 한쪽으로 시선을 옮기자 뒷짐을 지고 선 관궁의 모습이 보였다.

동시에 미간을 한껏 찡그리는 하연설이다.

어우, 저 입살스러운 늙은이! 아침 댓바람부터 주책없이 진짜…… 라는 듯한 표정.

"멍, 멍!"

별안간 관궁 옆에 불쑥 나타난 개새가 꼬리를 살랑살랑 흔들어 댔다.

이봐, 여자! 나는 그 가슴이 맘에 쏙 들어!

고개를 쳐든 채 하연설의 가슴팍에 눈길을 고정시킨 꼴이 마치 꼭 그런 느낌이었다.

관궁이 키득키득 웃으며 재차 놀렸다.

"내가 접때 말했잖아. 넌 그냥 개 놈의 새끼 취향이라니까."

'하아…… 신경 끄자.'

한숨을 쉰 하연설은 고개를 절레절레 흔들며 얼른 창문을 닫은 후 아침 점호에 참가할 채비를 서둘렀다.

대략 일각 후.

세면과 환복을 끝낸 하연설은 내원을 나서 집합 장소인 중앙 건물 마당으로 향했다. 한데 그렇게 길을 나아가던 중 저 앞쪽에 엉거주춤한 자세로 걸음을 옮기는 한 인물의 뒷모습이 시야에 담겨 들었다.

다름 아닌 혈수검왕 신율이다.

하연설은 재빨리 그의 곁으로 가 걱정스러운 눈빛으로 물었다.

"국주님, 어디 편찮으세요?"

동시에 신형을 움찔한 신율의 얼굴이 잘 익은 홍시처럼

시뻘겋게 달아올랐다.

"끄응, 아…… 아니다. 괜찮다."

그러면서 엉덩이를 살살 쓰다듬는 그.

그것을 본 하연설이 자못 민망한 낯빛으로 얼른 시선을 돌렸다.

'어머…… 하필이면 엉덩이를 다치셨나 봐. 되게 불편할 텐데.'

별안간 뒤로부터 인기척이 감지됐다.

신율과 하연설이 신속히 고개를 뒤로 돌리자.

"킁."

"크응."

죽창을 든 흥청과 망청이 커다란 몸을 뒤뚱거리며 두 사람이 선 방향으로 다가오고 있었다.

이내 지척에 이른 둘은 누가 먼저랄 것도 없이 괴이한 소리를 발했다.

"키히힝."

"우허어엉."

크고 두툼한 앞발로 입을 가리며 어깨를 들썩거리는 것이 암만 봐도 조롱하듯 비웃는 태도가 아닌가. 심지어 눈매도 초승달 모양으로 구부러진 상태다.

일순 신율의 면상이 보기 흉하게 일그러졌다.

'크음…… 저것들!'

홍청과 망청의 반응으로 짐작건대 지난밤 자신이 당한 일을 알고 있는 게 분명했다.

하연설이 영문을 몰라 하는 가운데 검륜수사 백리대약도 등장했다.

"아이고, 국주님……."

다짜고짜 '아이고'란 소리부터 입에 담는 걸 보니 그 역시도 밤사이 벌어진 일을 알고 있는 듯하다.

아니나 다를까.

"아까 영양사님을 만나 이야기를 전해 들었습니다. 간밤에 새로운 심득으로 저를 상회하는 내공 수위를 성취하셨다지요? 또한……."

말꼬리를 흐렸지만 신율은 그 뒷말이 뭔지 능히 짐작이 갔다.

"내가 무슨 꼴을 당했는지…… 전부 들은 게로군."

"그, 그렇습니다."

고개를 주억인 백리대약은 그런 신율을 측은지심 가득한 눈동자로 응시했다.

동병상련의 마음이다.

한 명은 개새한테 강제로 입맞춤을, 다른 한 명은 운몽향아한테 강제로 바지를 벗고 엉덩이 채찍질을 당했잖은가.

"후우……."

신율이 긴 한숨을 뿜었다. 그리고 백리대약도.

"휴……."

다시 이어지는 신율의 한숨, 그다음엔 또 백리대약의 한숨…….

두 노고수가 주거니 받거니 번갈아 가며 연신 숨소리를 뿜어 대다가 돌연 서로 부둥켜안고는 등을 다독거렸다.

오가는 위로의 손길.

무공 실력이 강해지는 것은 좋지만 정말이지 이런 수난은 두 번 다시 겪고 싶지 않은 두 사람이다.

한편 하연설은 어떻게 된 사연인지 모르지만 대충 짐작 가는 바가 있었다.

'아, 어젯밤 잠결에 들었던 일련의 비명이 혹시 국주님의……?'

그때.

따악, 딱—!

경쾌한 음향과 함께 신율과 백리대약이 정수리를 감싸쥐며 인상을 찡그렸다.

어느새 나타난 검무영이 붓대를 어깨 위에 척! 올리며 심드렁하게 말했다.

"청승 떨지 말고 어서 집합이나 해."

하연설은 그의 얼굴을 보자마자 가슴이 살짝 두근거렸다.

'아, 왜 이러지? 자꾸…….'

가만히 신형을 뒤돌린 검무영이 들으라는 듯 또렷한 목소리를 흘렸다.

"연설, 사문을 일으켜 세우고 싶다면 오늘부터 더욱더 노력해야 될 거야. 잡생각은 금물이다. 알겠나?"

그 소리에 거짓말처럼 가슴의 두근거림이 멈췄다.

순간 그리운 양친의 얼굴이 머릿속을 스치고.

두 눈을 빛낸 하연설은 주먹을 꽉 쥐며 힘차게 대답했다.

"네! 교두님!"

* * *

아침 식사가 끝난 후.

각급 문도들이 저마다 맡은 일을 수행하기 위해 분주히 움직이는 가운데 적전제자 다섯 명은 연무장에 일렬로 정돈해 섰다.

드디어 진검을 손에 쥐고서 검초를 구사하는 수업이 시작된다는 생각에 다들 가슴이 벅차올랐다. 물론 다른 한편으론 긴장도 되었다.

이윽고 연무장에 나타난 검무영이 성큼성큼 걸음을 옮겨

일동 앞에 멈춰 섰다.

"지금부터 시험을 해 볼 거야."

그렇게 말한 그가 대뜸 묵필을 뽑아 들더니 자신이 선 자리를 중심으로 작은 원을 그렸다.

직경은 고작 두 자 안팎.

한두 발짝만 크게 움직여도 선을 벗어나고 말 만큼 협소하기 짝이 없는 공간인데.

이내 묵필을 갈무리한 검무영이 일렀다.

"지금부터 날 상대로 십 초식을 전개해 원 밖으로 나가게 만들어 봐. 난 일절 손을 쓰지 않을 거다. 물론 내공 또한."

뜻밖의 명령에 일동이 눈을 동그랗게 떴다.

"예?"

그러거나 말거나 검무영이 검지로 양욱을 가리켰다.

"너부터."

지목을 당한 양욱은 지레 겁을 먹었다.

"저…… 저기…… 교두님, 혹시 실패하면 매타작을 당하게 되는 겁니까?"

별안간.

딱—!

검무영의 딱밤에 양욱의 신형이 일 장 뒤로 날아가 지면을 나뒹굴었다.

"끄아악……!"

지독한 고통에 발버둥치는 양욱의 모습에 하연설, 단선후 등의 낯빛이 새하얗게 탈색되었다.

'뭐야, 또 딱밤 지옥의 시작이야?'

가까스로 신형을 일으켜 예의 자리로 온 양욱의 두 눈엔 눈물이 그렁그렁 고여 있었다.

검무영이 무표정한 얼굴로 턱짓을 보내며 말했다.

"이 시간 이후로 쓸데없는 질문을 던지는 놈은 무조건 딱밤이다."

그 말을 들은 양욱이 속으로 발끈했다.

'크윽…… 젠장! 첨부터 그렇게 말하던가!'

검무영이 검지를 까딱거렸다.

"시작해."

그 정면에 선 양욱은 칼자루를 움키며 자신이 구사할 일련의 검초를 계산했다.

'자리가 좁으니까 공격하는 동작이 클수록 좋을 테지? 흐음, 첫 초식은 중단전을 노린 찌르기, 그럼 그것을 회피할 방법은 두 가지 뿐이야. 몸을 숙이거나 비틀거나…….'

생각을 끝낸 그가 신속히 검무영의 가슴팍을 노려 검을 일직선으로 내뻗었다.

쐑—!

그런데.

검무영은 아예 꼼짝도 하지 않았다.

미처 예상치 못한 상황에 화들짝한 양욱이 황급히 손속을 멈추었다.

종이 한 장 차이로 우뚝 정지한 검극.

하연설, 단선후, 마봉, 선우경리 모두 그것을 보고서 놀란 가슴을 쓸어내렸다.

'세상에! 조금만 늦었으면…….'

제아무리 검무영이라지만 내공을 사용하지 않는다고 했으니 만약 그대로 멈추지 않고 나아갔다면 살을 무참히 꿰뚫어 버렸을 것이다.

양욱이 얼른 검극을 뒤로 거두며 질겁해 소리쳤다.

"교, 교두님! 왜 안 피하십니까?"

그러자 검무영이 심드렁하게 입을 열었다.

"그냥 찔렀어야지."

"예……?"

"더없이 좋은 기회였는데 왜 멈칫했냐는 말이야."

양욱은 어이가 없어 목소리를 높였다.

"아니, 저더러 인제 와서 살인자가 되란 말씀입니까?"

"설마 내가 그깟 검에 죽을까 봐?"

검무영의 그 말에 양욱은 퍼뜩 뭔가 깨달았다.

"아, 가만……! 제가…… 검을 멈추리라고 예상하셨던 것이군요!"

순간 검무영이 눈매를 가늘게 좁혔다.

"그리 물러 터져서야 어디 일문의 적전제자라 말할 수 있겠나?"

퍼억!

둔탁한 소리와 함께 양욱의 신형이 뒤로 세게 튕겨 날아가 걸레짝처럼 너부러졌다.

딱밤이 아닌 발길질.

내공의 성취를 무시하는 구타에 양욱은 그만 정신을 잃었다.

동시에 하연설 등은 공포에 질린 얼굴로 마른침을 꿀꺽 삼켰다.

'이건 마치…….'

그랬다, 이건 마치 예전 검무영이 처음 이곳에 왔을 때 상황과 비슷했다. 무식하고 무지비한 구타가 연속되던…….

직후.

후다다다다닥!

개새가 눈 깜짝할 사이에 양욱 곁으로 가더니.

찹찹찹, 찹찹찹찹…….

혀로 그의 얼굴을 마구 핥는다.

추궁과혈이다.

하나 거기에서 끝이 아니었다.

개새의 혀가 양욱의 입술을 비집고 그 안으로 침범해 든다.

다른 적전제자들 모두 그 광경 앞에 속이 매스꺼움을 느꼈다.

'욱……!'

양욱은 정신을 차리며 벌떡 일어났고, 개새는 제 할 일을 다 했다는 양 다시 저 한옆으로 가 몸을 웅크리고 누웠다.

원 안에 선 검무영이 입꼬리를 올리며 씩 웃었다.

"그동안 내가 좀 물렀지? 정신 똑바로 차리는 게 좋아. 안 그러면 날이 저물기 전까지 저 대머리 녀석이 당한 것과 같은 꼴을 무수히 반복하게 될 테니까."

마봉은 저도 모르게 입을 열어 중얼거렸다.

"좆……됐다."

퍼어억!

그렇게 그는 강풍에 휩쓸린 낙엽처럼 뒤로 튕겨 날아가 기절했고…… 사랑하는 운몽향아가 아닌 개새와 입을 맞추게 됐다.

참참참…….

정신을 차린 마봉이 똥 씹은 면상으로 신형을 벌떡 일으켜 세우더니 연거푸 침을 내뱉었다.

'카아악! 더러워, 이런 미친……! 그냥 얼굴만 핥으라고! 왜 혀를 넣고 지랄이야! 추궁과혈을 꼭 그런 식으로 해야 해?'

다음 차례가 될지 모르는 단선후, 하연설, 선우경리는 낯빛이 새파랗게 질렸다.

개의 혀가 입속을 침범하는 추궁과혈이라니! 절대 받고 싶지 않아! 그럴 바엔 차라리 고문에 시달리는 편이 낫다고! 라는 눈빛들.

설마하니 얼마 전 백리대약이 당했던 것과 똑같은 수업 방식이리라곤 생각도 못 했다.

특히 하연설은.

'정말로 싫어! 진짜, 진짜 죽기보다 싫어!'

개새의 혀가 자신의 입 속을 마구 헤집을 것을 생각하니 머릿속이 아뜩한 느낌이다.

그녀는 아직 다른 사람과 입술을 맞춰 본 경험이 단 한 번도 없었다.

그런데…….

오늘 자칫 잘못하다가는 사내가 아닌 짐승과 생애 첫 입맞춤을, 그것도 심지어 무슨 연인처럼 혀까지 섞게 생겼잖은가.

개새가 아무리 귀엽다고 해도 그건 도저히 육체적으로도, 또 정신적으로 쉬이 감당하기 힘든 일이다.

때마침 근처를 지나가던 백리대약이 상체를 굽히며 헛구역질을 했다.

'우엑, 우에엑……!'

그렇듯 개새의 혀 놀림을 여러 번 경험했던 산증인의 격렬한 반응에 하연설 등은 한층 질색하며 몸서리를 쳤다.

'저, 저것 봐! 후유증이 엄청나다고! 삼십여 년간 선도를 수행해 심력이 남다른 표두님조차 얼마나 충격이 컸으면 이제 조교님을 보기만 해도 반사적으로 토를 하겠어!'

일동의 속내를 간파한 듯 검무영이 입을 뗐다.

"개새의 그 특별한 추궁과혈은 대단한 묘용을 가졌어. 단번에 정신을 차리게 만드는 것은 물론이고 충격을 받고 흔들린 체내 기맥의 흐름까지 바로잡아 주지. 마치 운지조식을 행한 것처럼. 그러니 불만 따윈 갖지 마."

그러곤 이내 백리대약을 보며 물었다.

"청풍표국 내부 상태는?"

가까스로 울렁이는 속을 다스린 백리대약이 서둘러 안색을 고치며 대답했다.

"예…… 영양사님 지시로 지난 열흘 동안 내부를 말끔히 치워 놓았습니다. 오늘은 저 혼자 가서 파손된 부분이 없는지 최종 점검을 해 보려 합니다."

"좋아, 어서 가 봐. 정식 출범 날짜는 나중에 말해 줄 테니까."

"아, 알겠습니다. 그럼 전 이만……."

백리대약은 마치 도망이라도 치듯 빠른 걸음으로 움직여 철문을 열고 사라졌다.

다시 적전제자들 쪽으로 눈길을 돌린 검무영이 손짓을 보냈다.

"이번엔 너야."

지목된 적전제자는 다름 아닌 단선후.

양욱과 마봉이 그런 그를 향해 불쌍하다는 듯 고개를 절레절레 흔들었다.

움찔한 단선후는 잔뜩 경직된 얼굴로 칼자루를 검쥐었다.

'허어, 이게 도대체 무슨 상황이란 말인가?'

마봉, 양욱과 달리 그는 여태껏 여자와 잠자리를 가져 본 적이 없는 동정의 몸이었다. 게다가 하연설과 마찬가지로 입술을 맞춰 본 경험도 전무했다.

십 초식 안에 검무영을 원 밖으로 나가게 만들지 못하면 꼼짝없이 개새의 침을 맛보게 될 터. 그렇기에 어느 누구보다 이 순간이 두렵고 괴로웠다.

첫 입맞춤의 대상이 여인이 아닌 개가 된다면 악몽도 그런 악몽이 없을 것이다. 아마 두고두고 억울함에 밤잠을 이루지 못하는 나날이 지속될 수도 있다.

'이왕 이렇게 된 것……!'

최선을 다해 어떻게든 불행을 면해 보자는 생각으로 검을 뽑는 단선후였다.

스르릉—

짧은 울음과 함께 드러나는 검날.

그는 조용히 검무영이 자리한 원 가까이로 옮겨 서며 눈동자를 빛냈다.

하나 섣불리 행동을 취하진 않았다.

앞서 양욱이 그런 것처럼 자신이 펼칠 일련의 검초를 계산부터 해 본다.

'무엇보다 첫 번째 검초를 뿌렸을 때 교두님께서 피하시지 않는다고 해서 당황하면 절대 안 된다. 그랬다간 양 사제와 똑같은 꼴을 당할 테니까. 망설임 없이 그냥 찔러 넣고 봐야 한다.'

검무영이 피식거리며 일렀다.

"생각이 너무 많은 것도 좋지 않아."

그 말이 끝나기가 무섭게.

슈우웃!

단선후의 우수에 들린 검이 정면으로 돌진하며 날카로운 파공음을 뿌린다.

검무영은 또다시 미동조차 없었다. 그러나 단선후는 그에 동요하지 않고 검세를 곧게 유지해 끝까지 밀어 넣었다.

가슴팍 바로 앞에 이른 검극.

그 찰나 검무영의 상체가 쾌속하게 옆으로 비틀리고.

사아악.

예리한 칼날이 옷깃을 살짝 비껴갔다.

동시에 검무영이 오른발을 세게 차올려 단선후의 손목을 강타했다.

"윽!"

멈칫한 단선후는 그 충격에 의해 그만 검을 놓치고 말았다.

바닥에 떨어진 칼이 철그렁! 소리를 낸 직후.

"교, 교두님? 어째서……?"

단선후가 당혹스러운 표정을 짓자 검무영이 눈살을 찌푸리며 혀를 찼다.

"쯧…… 손만 안 쓴다고 했지, 발을 안 쓴다고는 말한 적 없는데?"

"예? 그, 그런……!"

"아무튼 넌 방금 죽은 거야."

순간 단선후는 부끄러움에 얼굴을 들지 못했다.

"죄…… 죄송합니다."

명색이 검수가 제 분신이나 다름 아닌, 나아가 목숨과도 같은 칼을 놓쳐 버렸다. 또한 동작을 멈칫하며 빈틈까지 드러냈다.

이것이 만약 실전이었다면?

검무영의 말마따나 순간의 허점을 파고든 상대의 반격에 목숨을 잃고 말았으리라.

다른 한편으론 내력을 사용하지 않은 채 순수 근력만으로 더없이 쾌속한 동작을 펼쳐 검을 회피한 검무영의 능력이 너무나 감탄스러웠다.

실패의 대가는.

퍽—!

강맹한 구타였다.

복부를 두드려 맞은 단선후가 일 장 뒤로 날아가 기절하자 귀를 쫑긋 세운 개새가 냉큼 그 가까이로 가 추궁과혈을 시전했다.

찹찹찹, 찹찹찹찹…….

뭔가 끈적끈적한 소리에 일동은 저마다 소름이 끼치는

듯 몸을 부르르 떨었다.

'아! 끔찍해! 듣기도, 보기도 싫어!'

바로 그때.

거짓말처럼 정신을 차린 단선후가 다짜고짜 크게 헛구역질하며 표정을 구겼다.

"우어억, 우어억……."

어지간해서 감정의 변화를 잘 드러내지 않는 그인데 지금은 아주 적나라하기 그지없었다.

검무영의 검지가 조용히 누군가를 가리킨다.

"다음."

마봉의 차례였다.

'하아…… 젠장!'

속으로 분통을 터뜨린 마봉은 문득 오기가 생겼다.

'그래, 이미 더러운 추궁과혈을 당한 마당에 두려울 게 뭐 있겠어!'

각오를 다진 그는 성큼성큼 나아가 검무영이 자리한 원 앞에 멈춰 섰다.

데굴데굴 움직이는 눈동자.

자신의 경쟁 상대라 할 수 있는 단선후, 양욱보다 나은 결과를 보이기 위해 신중히 머리를 굴리는 중이다.

"훗, 복잡하게 생각해 봐야 거기서 거기라니까. 그냥 본

능적인 감각에 충실해."

검무영의 그 말에도 불구하고 마봉은 심기가 흔들리지 않게 집중력을 유지하려 애썼다.

'분명히 심리전이야! 쉽게 넘어가면 안 돼! 교두님은 상대를 곤경에 빠뜨리는 낚시질의 대가이니까!'

이런 때일수록 더 신중하게 접근해야 한다는 판단.

그는 칼자루에 손을 얹고서 자신이 습득한 청풍검결 제일장의 여러 초식을 머릿속에 떠올렸다.

'바닥의 작은 원은 무의미하다. 교두님 동작은 굳이 내공을 쓰지 않더라도 엄청나게 빠르기에 사실상 공간 제약이 없는 셈이야. 정직한 검초 구사론 십 초 내에 끝내기가 힘들어!'

그러다가 검무영의 두 발을 눈동자에 담는다.

'가장 큰 문제는 바로 저것인데…….'

손 대신 발을 사용하다고 했으니 먼저 그 발을 쓰지 못하게 공략하는 게 해법이 될 수 있으리라.

'양 사제도, 단 사형도 정직한 검초 구사하다가 낭패를 당했어.'

마침내 계산이 끝나고.

척.

두 다리를 적당히 벌려 발검세를 취한다.

검무영이 지루하다는 듯 하품을 발한 순간 마봉의 검이 채앵! 하고 뽑혀 나와 빠르게 쏘아져 나갔다.

슈우욱—!

제일장의 첫 번째 검초, 청풍개관(青風開關).

찌르기 초식이다.

가슴 정중앙을 노려 쇄도하는 검초에 검무영이 상체를 비틀려는 찰나.

홱!

곧게 돌진하던 마봉의 검날이 급격히 방향을 바꿔 아래로 떨어져 내렸다.

청풍개관은 속임을 위한 허초, 지금 이것이 진짜 노림수인 실초이다.

풍위종영(風威縱影).

마봉은 검을 그어 내리는 그 짧은 순간에 다음 동작을 계산하고 있었다.

정면 찌르기에서 내려 베기로 전환해 발 쪽을 공격하는 검세 앞에 검무영의 대응은 두 가지일 것이다.

신형을 물려 피하거나 궤적을 따라 엇비끼듯 비스듬히 뛰어오르거나.

기실 어느 쪽을 택하더라도 자신이 유리하다는 생각이었다.

만약 몸을 뒤로 옮기면 원의 테두리에 발을 아슬아슬하게 걸치듯 위태롭게 되고, 또 도약을 한다면 올려 베기로 확실한 승기를 잡을 수 있을 테니까.

아니나 다를까, 검무영은 잽싸게 지면을 박차고 풍위종영의 속도에 맞춰 역방향으로 공중제비를 돌았다.

공기를 가른 검날이 지면을 까앙! 두드린 때.

지금이다!

눈을 번뜩인 마봉은 바닥과 부딪친 반탄지력을 이용해 검을 위로 그어 올리려 했다. 그런데 검무영의 동작은 아까보다 더 빨랐다.

콰아악!

'앗!'

검의 솟구치기도 전에 칼날을 강하게 짓밟아 누르는 발바닥. 그리고 이어지는 무미건조한 목소리.

"기껏 생각한 게 그거냐? 참 허접하군."

당황한 마봉은 신속히 검을 뽑으려 했지만 발로 짓누르는 힘이 어찌나 강력한지 꿈쩍도 하지 않았다.

"윽……!"

이를 악물고 양손으로 칼자루를 움켜 당겼지만 그래도 소용없었다.

"뭐해, 나물 캐는 것도 아니고."

"끄응, 끄으응……!"

발밑에 깔린 검을 뽑고자 쪼그려 앉아 낑낑거리던 마봉은 그만 방귀를 뀌고 말았다.

뿌욱!

아랫배에 너무 힘을 준 탓이다.

검무영이 이내 발을 슬쩍 들자 검을 힘껏 당기던 마봉이 그만 뒤로 엉덩방아를 세게 찧었다.

"윽!"

"할멈한테 정기를 다 빨렸나, 하체가 왜 그렇게 부실해?"

일순 마봉의 면상이 부끄러움으로 빨갛게 물들었고, 하연설 등은 터져 나오려는 웃음을 참기 위해 입술을 꽉 깨물며 두 눈마저 꼭 감았다.

'아……! 절대 웃으면 안 돼! 그러면 또 얻어맞고 기절해 추궁과혈을 당할 거야.'

'젠장……! 허벅지라도 꼬집자.'

찹찹찹, 거리는 환청이 일동의 머릿속을 마구 괴롭히고 든다.

신속히 신형을 일으켜 세운 마봉이 검을 고쳐 쥐며 말했다.

"교두님, 그래도 아직 팔 초가 남았으니……."

"팔 초는 무슨. 처음부터 다시."

말이 끝나기가 무섭게 마봉이 퍽! 하며 후방으로 멀리 날아가 기절했다.

이어지는 개새의 추궁과혈.

강제로 정신을 차린 마봉이 얼굴이 노래져 헛구역질을 해 대는 가운데 검무영의 시선이 마침내 두 여인 쪽에 머물렀다.

"자, 누가 먼저 덤빌래?"

동시에 하연설과 선우경리의 옥용이 새하얗게 질렸다.

'아아! 결국 우리 차례……!'

피식 웃은 검무영이 어깨를 으쓱거렸다.

"괜찮아. 개새의 혀는 의외로 달콤할 거야."

듣고 있던 단선후, 양욱, 마봉이 일제히 속으로 발끈했다.

윽, 달콤하긴 개뿔이! 당신이 당해 봐, 그런 소리가 나오나! 라는 눈빛들.

선우경리가 이내 전음을 보냈다.

『하 사저, 일단 제가 도전해 볼게요.』

『아…… 괜찮겠어?』

『결과는 이미 정해진 것이나 다름없어요. 보나 마나 저 역시도 세 사형과 같은 꼴을 당할 게 분명해요. 그래도 할 수 있는 데까지 버텨 볼 생각이니, 제 경우를 참고해서 어떻게든 해법을 찾도록 해요. 하 사저라면 반드시 해내리라

믿어요.』

『솔직히 말하면…… 자신 없는데.』

『어머, 그런 약한 말은 말아요. 아무리 그래도 조교님한테 첫 입맞춤을 빼앗기긴 싫잖아요?』

『그, 그야 그렇지만.』

『전 이미 연애 경험이 있으니 그나마 불행 중 다행이라 할 수 있죠. 처음으로 입을 맞추는 건 아니니까요. 하지만 하 사저는 아직 누군가를 사귄 적도 없는데, 젊은 사내도 아닌 짐승을 상대로 첫 입맞춤을 경험해야 되겠어요? 후훗.』

『뭐, 어쩔 수 없잖아. 교두님 수업 방식이 그런 것을…….』

하연설의 가벼운 푸념에 선우경리가 희미한 미소를 머금었다.

『어쩌면 교두님의 마음을 확인해 볼 기회가 될지도 몰라요.』

선우경리의 의미심장한 전음에 하연설이 깜짝 놀란 듯 눈을 똥그랗게 만들었다.

『에? 그게 무슨…….』

『자세한 것은 모르지만 왠지 두 사람 사이에 묘한 기류가 흐르는 것 같아서요.』

같은 여인으로서의 어떤 직감일까.

『아, 아니야. 그런 거!』

극구 부정하지만 두 뺨에 홍조가 어리는 건 어떻게 감출 수가 없다.

『아하, 역시.』

선우경리는 고개를 살짝 끄덕이곤 서둘러 발걸음을 뗐다.

검무영이 작은 원 안에 선 채로 무표정하게 입을 열었다.

"넌 왠지 다른 모습을 보여 줄 것도 같은데 말이지. 기대해 봐도 되겠나?"

선우경리는 대답 대신 가만히 칼자루를 움켰다.

'능히 피할 수 있는데 굳이 원을 그렸다는 것은…… 교두님께서 뭔가 의도하시는 바가 있는 거야.'

우선 나란히 실패한 단선후, 마봉, 양욱이 행했던 것과 다른 방법으로 접근해야 마땅했다.

검무영이 다시금 하품을 삼키며 중얼거린다.

"아하암, 이것들 전부 어지간히 머리를 굴려 대는군. 답은 간단한데 말이지."

일순 선우경리의 뇌리로 한 가지 생각이 퍼뜩 스쳐 지나갔다.

'아! 가만…….'

그녀의 동공에 담겨 드는 바닥의 원.

'맞아! 왜 진작 그 생각을 못 했던 걸까?'

앞서 검무영은 자신만 원 안에 머문다고 말했지, 상대가 그 원 안으로 발을 들이면 안 된다고 말하진 않았다.

'우리가 굳이 저 테두리를 겉돌며 검을 휘두를 필요는 없는 거였어!'

원 안에 발을 내디딜 수 있다면 검무영의 운신 반경은 더욱 좁아지게 되잖은가. 그러면 피할 공간이 마땅치 않다.

단선후 등은 다들 원 밖에 머물며 검을 휘두르다가 낭패를 당했으니 자신은 그 반대로 공세를 취하면 될 것이었다.

발상의 전환이다.

선우경리는 발검과 동시에 그 앞으로 바짝 접근해 갔다.

"호오, 제법."

이채를 띤 검무영의 짧은 감탄.

금라위광검법의 초식이 쾌검의 요체를 담고서 공기를 날카롭게 갈랐다.

쐐애액!

첫 공세는 가슴팍을 노린 찌르기.

마봉이 구사했던 것과 똑같은, 회피 동작을 유도하는 의도의 허초였다.

하나 다른 점은 중도에 변화를 주지 않는다는 것.

선우경리는 칼을 그대로 깊숙이 찔러 넣었고 검무영은

그 검극이 가슴팍 바로 앞에 이를 때까지 반응이 없다가 순식간에 상체를 비틀어 회피했다.

지켜보는 사람이 아찔할 정도다.

그것을 기다렸다는 듯 선우경리는 일 보 전진으로 원 안에 들어서며 칼날을 횡으로 휘둘렀다.

찰나.

검무영의 상반신이 대나무가 휘어지듯 뒤로 크게 젖혔고, 칼날은 간발의 차로 그의 콧잔등을 스쳐 지나가며 풍성을 남겼다.

그 모습을 본 단선후 등은 저마다 속으로 감탄을 터뜨렸다.

'저런 방법이 있었구나!'

선우경리는 검을 쥔 손에 온 신경을 기울이며 곧바로 다음 수를 전개해 나갔다.

칼 겨룸은 모름지기 순간의 판단과 움직임이 승패를 가리는 법. 게다가 상대는 괴물이란 표현으로도 부족한 검무영이 아닌가.

약간의 틈이라도 허용하면 끝이다.

그런 생각과 함께 횡단의 검초에 이어 종단의 검초로 상체를 뒤로 젖힌 상태인 검무영을 노린다.

그때.

검무영이 불안한 자세를 유지한 채 우측으로 움직였다.

팟.

선우경리의 검날이 그의 어깨 옆을 종이 한 장 차이로 스쳐 지나가며 지면에 꽂히나 싶더니.

후우욱!

그녀의 오른쪽 다리가 신속히 솟구쳐 검무영의 하체를 노리고 들었다.

운몽향아로부터 배워 익힌 절묘한 각법.

아무리 봐도 피할 곳이 없는데.

퍽.

어느새 자세를 똑바로 한 검무영이 왼쪽 다리를 접어 올려 각법을 방어했다.

아까보다 한층 빨라진 동작.

선우경리가 당혹해한 순간 검무영이 접었던 발을 쭉 뻗어 그녀의 옆구리를 강타했다.

뻐억—!

둔탁한 음향과 함께 세차게 날아가는 교구.

결국 선우경리는 저 멀리 지면 위로 쓰러져 기절하고 말았다.

신을 툭툭 턴 검무영이 싱긋 웃으며 말했다.

"훗, 확실히 앞서 세 녀석보다 낫군. 원 안으로 접근하는 시도는 좋았어.”

그러더니 하연설을 물끄러미 바라보며 목소리를 이었다.

“하지만 그게 해법은 아니지.”

개새가 다시 후다닥! 움직인다. 물먹은 헝겊처럼 너부러져 기절한 선우경리 쪽으로.

“멍, 멍!”

꼬리를 좌우로 세차게 흔드는 게 왠지 아리따운 여인을 핥게 되어 기분이 좋다는 듯한 모양새인데.

그런 개새가 이내 선우경리의 얼굴을 향해 혀를 내밀자 양욱이 질겁해 외쳤다.

“우아앗! 안 돼!”

개새가 돌연 멈칫하더니 고개를 홱 돌려 양욱을 보았다. 그러더니 비웃듯이 킁! 하고 콧김을 내뿜곤 재차 혀를 선우경리 입으로 가져갔다.

“아이고! 제발 그것만은……!”

양욱의 절규에 개새가 다시 한 번 멈칫하더니 입꼬리를 히죽 올렸다.

뭔가 불길하다.

아니나 다를까 개새의 시선이 선우경리의 봉긋한 가슴에 머물렀다.

양욱은 심장이 철렁 내려앉았다.

'저, 저것 설마……!'

거긴 더욱더 안 돼! 라는 표정.

그때 마봉이 인상을 찡그리며 나지막이 물었다.

"어이, 민둥이. 너 혹시 선우 사매 좋아하냐?"

그 소리에 양욱이 얼굴을 한껏 붉히며 말을 떠듬거린다.

"그, 그게 아니고…… 그냥……."

별안간 귓전에 와 닿는 무심한 목소리.

"얼씨구, 남의 몸 걱정하지 말고 네 몸이나 걱정해."

퍼어억!

양욱의 거구가 허공을 격해 삼 장 밖에 쿵! 하고 떨어졌고.

개새는 기절한 두 사람한테 차례로 추궁과혈을 시전해 정신을 차리게 만들었다.

"우웁……!"

"웩……."

선우경리와 양욱은 손으로 입을 틀어막곤 서둘러 일동이 자리한 곳으로 다가와 섰다.

마봉이 고개를 절레절레 흔들며 혀를 찼다.

'참 나, 생긴 건 무식한 곰 같은 게 눈은 높아 가지고.'

한편 하연설은 이 난관을 어떻게 헤쳐 나갈지 감이 오지 않았다.

"연설, 네 차례야."

검무영의 심드렁한 음성에 그녀는 마음이 한층 초조했다.

'하아……! 분명히 해법이 있을 텐데…….'

선우경리가 얼른 전음을 보냈다.

『하 사저, 미안해요. 조금 더 버틸 수 있으리라 여겼는데…….』

『아니야, 충분히 잘했어.』

하연설은 전음으로 화답한 후 조심스럽게 교구를 옮겼다. 그렇게 원 가까이에 이르자 검무영이 짓궂은 웃음기를 머금었다.

"불안하지? 개새한테 첫 입맞춤을 빼앗길까 봐?"

칫, 그걸 말이라고! 라는 표정으로 눈살을 찌푸리던 하연설의 표정이 갑자기 급변했다.

뒤이어 눈동자 위로 미세한 파문이 번지고.

—내공 또한 상당량 소모하게 될 테니 다들 시간이 날 때마다 축기를 해 놓도록.

어제 검무영이 했던 말.

한 가닥 전율이 등골을 훑고 오르며 정수리에 와 닿았다.

'그래, 맞아! 오늘부터 다들 내공을 사용하게 될 거라고 말씀하셨잖아. 그럼 굳이 원에 접근할 필요 없이 검풍과 검기를 쓰면 되는 거였어! 애초에 내공을 사용하지 말라는 조건도 없었으니까.'

검무영은 원 안에 머물며 내공을 쓰지 않기로 한 상태이니 검기와 검풍을 맨몸으로 받을 수 없는 노릇이다.

하연설은 더 고민할 것도 없이 내공을 운용해 검날로 주입했다.

지이이이잉—

그제야 단선후, 마봉 등도 아! 하며 나지막한 탄성을 흘렸다.

청풍검결 초식을 통해 발출된 예기의 바람이 그대로 간극을 격해 검무영의 전면으로 육박해 든다.

슈아아앗—!

앞으로 급격히 구부러진 상체.

검풍이 목덜미와 등판 위로 스쳐 지나간 직후 하연설의 검극이 새하얀 검기를 잇달아 발출했다.

쐐액, 쐐애액, 쐐액!

결국 검무영은 신형을 옆으로 날려 원을 벗어나서며 씩 웃었다.

"개새랑 입 맞추는 게 어지간히 싫었나 보군."

동시에 하연설의 분홍빛 입술이 슬그머니 호선을 그렸다.

"그럼요!"

그때 뒤쪽에 선 일동이 일제히 박수를 치며 환호했다.

검무영이 뒷짐을 지며 퉁명스럽게 일렀다.

"시끄러. 멍청한 것들, 그 쉬운 것을 바로 못 풀어서는."

하연설을 제외한 나머지 네 명은 민망한 듯한 눈빛을 흘리며 냉큼 입을 닫았다.

이내 검무영은 허리에 걸린 묵필을 손에 쥐었다.

"여느 문파처럼 단순히 칼을 휘두르는 초식 공부는 무의미해. 너흰 앞으로 검초를 구사할 때마다 내력을 함께 사용하게 될 거다."

직후 선우경리가 물었다.

"저…… 교두님, 저나 양 사형 같은 경우는 청풍검결 초식을 아예 몰라요. 최소한 기본 검식을 휘두르는 법부터 배워야 할 텐데……."

맞는 말이다.

적어도 마봉처럼 청풍검결 제일장의 검초들 정도는 숙지해야 어떻게든 수업 진도를 맞출 수 있을 테니까.

하나 검무영은 대수롭지 않은 투로 말했다.

"괜찮아."

"네?"

"검을 운용하는 요체만 똑같으면 돼. 겉으로 드러나는

초식의 형태는 아무래도 상관없어.”

저건 또 무슨 말이야?

다들 고개를 갸웃거렸지만 검무영은 신경도 쓰지 않고 제 할 말만 내뱉었다.

“자, 본격적인 수업을 시작해 볼까.”

第六章
강자(强者)들

청풍검문 경내 서남쪽의 삼 층 전각.

입구 위에 걸린 푸른 현판엔 '만능전(萬能殿)' 이란 세 글자가 크게 음각되어 있었다.

신필의 솜씨처럼 용사비등한 그 필체는 다음 아닌 검무영의 것.

이곳은 청풍검문의 새로운 직위인 정비사에게 배정된 집무 공간으로 일의 특성을 고려한 듯 건물 앞뒤에 딸린 뜰이 상당히 널찍해 따로 단철장을 마련해도 될 정도였다.

전각의 명을 '만능' 이라 붙인 이유는 단순했다.

어떤 것이든 막힘없이 뚝딱뚝딱 잘 만들어 내라는 뜻이다.

만능전 꼭대기 층의 내실에 자리한 당능통은 고민스러운 표정으로 나지막한 목소리를 흘렸다.

"끙…… 이것 참 생각보다 어렵구먼."

그가 턱을 괴고 앉은 책상 위엔 암기 제작과 관련한 자료들, 그리고 여러 기관 장치의 설계 도면이 어지러이 펼쳐져 있었다.

—우선 본 문의 외곽 담장부터 손봐. 무너진 동쪽을 포함해 기존 담장을 모조리 철거한 후 현재의 정문과 연계하여 작동할 수 있는 장벽을 만들도록. 경내 건물들 개조는 그다음이다. 기한은 한 달. 하나 명심해, 만약 기대에 못 미친다면 내 손으로 직접 다 망가뜨려 버릴 거야. 그러니 처음 단계부터 제대로 해 놔.

오늘 아침 점호 때 검무영이 한 말이다.

이곳의 문도가 되던 날, 자신의 모든 역량을 발휘해 각종 기관 장치를 개발하고 설치하여 그 누구도 침범할 수 없는 요새를 만들리라 다짐은 했지만 건물부터 담장에 이르기까지 전체를 다 개조하게 되리라곤 예상하지 못했다.

물론 혼자 모든 작업을 감당하긴 힘들다.

해서 검무영은 초등생 하급반 인원 중 냉혈대부 오호강을 비롯한 장맹부문 출신 일백여 명을 따로 편성해 주었다.

그렇게 일단 사람 수 문제는 해결했다.

비록 전문 인력은 아니라도 다들 도끼질이 특기라 완력이 좋았고, 또 애초에 장맹부문이 단철장으로 일어섰던 문파라 휘하 철장으로 부리는 데에 큰 어려움은 없을 듯싶었다.

당능통이 가장 염려하는 것은 바로 자기 자신이었다.

'크음. 더 좋은 암기를 만드는 것은 둘째 치고, 이토록 광활한 터 전체에 기관 장치를 설치하려면 아주 치밀하게 세워야 하는데…….'

촉박한 기한도 기한이지만, 이번 일의 시작점인 설계 작업부터 골머리가 지끈거렸다.

제 능력 밖의 일이라서?

그건 아니다.

당능통은 무림 최고 반열의 야장답게 머릿속에 든 지식은 어느 누구보다 풍부했다. 심지어 당금 황궁의 수석 야장과 비교해도 손색이 없는 수준이었다.

다만.

팔십 평생을 살면서 이토록 방대한 규모의 작업을 해 본 적이 없었기에 선뜻 감을 잡기가 힘든 것이었다. 아니, 이렇듯 대공사를 방불케 하는 일을 맡게 되는 것 자체가 드문 일이었다.

예전 검무영의 의뢰를 받아 제작한 정문이야 규모가 작은 일이었으므로 그다지 어려움을 겪지 않았지만 지금 시작하게 될 작업은 일종의 한계에 대한 도전이나 다름 아니었다.

'차후 각 시설에 설치한 장치가 따로 놀게 된다면 곤란하잖은가. 그럼 터 전부를 개조하는 의미가 없을 테니까. 작은 톱니바퀴와 큰 톱니바퀴가 맞물리듯 여러 가지 장치가 조화롭게 가동되며 동일한 묘용과 위력을 발휘하게 만들어야 한다.'

당장 공사에 착수해야 할 것은 사방의 담장뿐이나 검무영이 청풍검문 전체에 기관 장치를 설치하리라고 명령한 이상 첫 설계부터 큰 그림을 완성해 놓고 시작하지 않으면 곤란한 상황이었다.

즉 담장은 그중 한 요소일 뿐.

그래서 머릿속이 한층 복잡한 것이다.

단순히 담장에만 따로 기관 장치를 심어 새로 세우는 것이라면 이렇듯 고민할 필요도 없으리라.

'최소한 사나흘 안에 큰 틀에 맞춘 각 장치의 설계 도면을 작성해야 첫 임무를 기한 내에 완수할 수 있을 것이야.

크윽…… 정말이지 젊은 놈이 어째 노인을 공경할 줄을 몰라! 그놈의 무림 배분이 뭔지…….'

그런 당능통의 시선이 문뜩 책상 옆쪽의 활짝 열린 창문 밖으로 향했다.

이내 눈동자에 담겨 드는 파란 하늘.

날개가 있다면 당장 훨훨 날아 탈출하고 싶다는 듯한 눈빛이다.

그때 층계를 오르는 발소리가 들리나 싶더니 곧 문이 좌우로 열렸다.

뒤이어 안으로 조용히 들어서는 한 여인.

운몽향이었다.

"어때요, 작업은 잘되어 가나요?"

그녀의 물음에 당능통이 벌떡 일어나 정중한 예를 갖췄다.

"여, 영양사님을 뵙습니다."

그가 말을 떠듬거리자 운몽향이 생긋 웃으며 손을 가볍게 내저었다.

"어머, 호호. 뭘 그렇게 긴장하고 그래요? 빨리 적응하라니까……."

윽, 그게 말처럼 쉬운 줄 알아! 당신 정체가 파초대마후임을 알고도 긴장하지 않을 사람이 천하에 몇이나 될 것 같아?

당능통은 그렇게 속으로 발끈했지만 애써 표정을 관리하며 거듭 정중히 말을 받았다.

"한데 갑자기 어쩐 일로 오셨습니까?"

"혹시나 잘 안 풀려 끙끙거리는 건 아닌지 걱정이 되어서 와 봤죠."

"아…… 그러셨군요."

"표정을 보아하니 내 예감이 맞았네요."

"솔직히 말씀드리면 교두님께서 정하신 기일 때문에 심한 압박감을 느끼고 있습니다."

"후훗. 교두님 방식이 원래 좀 그렇답니다. 어쩌겠어요, 고분고분 따를 수밖에……."

당능통은 속으로 혀를 내둘렀다.

'허어, 참으로 궁금하군. 사종검황도 그렇고, 파초대마후도 그렇고, 검무영한테 복종하는 것이 단순한 무림 배분과 관련된 인연 때문은 아닌 듯한데. 과연 뭘까? 도대체 어떤 사연이 숨어 있기에, 전대 최고수 둘이 검무영을 무슨 상전 모시듯 조금의 반항조차 못 하는 게지?'

암만 뇌를 굴려 봐야 알 수 있는 건 없다.

들릴 듯 말 듯 한숨을 쉰 그가 재차 입을 열었다.

"예, 맞습니다. 살벌한 매타작을 당하지 않으려면 어떻게든 완수해야 하겠지요. 끄응, 저도 어지간히 늙긴 늙었나 봅니다. 소싯적엔 머리가 팽이처럼 빠르게 돌아갔는데…….”

별안간 운몽향아가 눈동자를 반뜩이더니 요대에 걸린 작은 두루주머니를 끌러 책상 위에 놓았다.

“자, 풀어 봐요.”

“예?”

“도움이 되리라 생각해요.”

“이것이…… 무엇입니까?”

어리둥절한 물음에 운몽향아가 눈웃음을 치며 일렀다.

“그 안에 든 약을 복용한다면 아마 머리가 평소보다 몇 배는 더 빨리 돌아가게 될 거예요. 그럼 날이 저물기 전까지 설계 도면을 완성할 수 있으리라 여겨요.”

“오! 그런 신묘한 약이…….”

강한 호기심에 이끌린 당능통의 손이 두루주머니의 끈을 잡아당긴 찰나.

“으앗!”

화들짝 놀란 그가 상체를 뒤로 젖혔다.

주먹만 한 잿빛 덩어리.

들쥐다.

정확히는 들쥐의 형상을 한 약이다.

가슴을 진정시킨 당능통이 어이가 없다는 듯 물었다.

"아니, 이게…… 방금 말씀하신 약입니까?"

"그래요."

"들…… 들쥐를 닮았는데……."

"일부러 그렇게 만들어 봤어요. 귀엽지 않아요?"

운몽향아의 천연덕스러운 대꾸에 당능통이 속으로 고함쳤다.

귀엽긴 개뿔, 도대체 어딜 봐서! 제아무리 좋은 약이라지만 손조차 대기 싫게 생겼는데!

저 여인 참 취향 한번 유별나다.

"어서 복용해 봐요."

그녀의 권유에 당능통은 마지못해 손을 뻗었다.

사라락.

손가락 끝에 와 닿는 감촉.

그가 재차 질겁하게 몸을 움찔했다.

'헉! 뭐…… 뭐야, 이거! 흡사 들쥐 털을 만지는 것 같잖아!'

그 꼴이 웃긴지 운몽향아가 입을 가리며 까르륵거렸다.

'크윽, 웃지 마! 기분 나쁘다고!'

재차 속으로 고함친 그는 고민이 되는지 눈을 데굴데굴 굴리다가 결국 들쥐를 닮은 약을 손에 꽉 움켰다.

순간 소름이 오싹 끼친다.

'으윽……! 혹시 진짜 들쥐 아냐?'

그때 운몽향아가 말을 보탰다.

"너무 걱정하지 말아요. 생긴 건 그래도 효과는 직방이니까요. 먹자마자 상단전의 힘을 일시적으로 증가시켜 곧바로 잠재적인 뇌력까지 이끌어 내는 약효를 지녀 지금 고민하고 있는 문제를 단번에 해결할 수 있을 거예요. 그래도 싫어요?"

당능통은 마음이 흔들렸다.

동요하는 눈동자, 잠시간의 고민…… 그러다가 마침내 결심이 섰다.

'그래, 복용하자!'

무엇보다 지금 직면한 고민거리를 하루 만에 풀 수 있다면, 그렇게 해서 시간도 벌고 매타작도 면한다면 이깟 불쾌함 따윈 얼마든지 감내할 수 있다.

'좋아, 까짓것!'

눈을 질끈 감은 그가 입을 크게 쩍 벌려 들쥐 형상을 한 약을 입 안에 넣었다.

과연 운몽향아의 말이 맞았다.

겉보기와 다르게 이로 깨물어 으깨자 뭐라 형언하기 힘든 기분 좋은 약 향이 입 안에 가득 퍼졌기 때문이다.

우물우물, 꿀꺽.

당능통이 약을 씹어 삼켜 뱃속에 넣은 찰나, 운몽향아가 방문을 나서며 말을 남겼다.

"아, 참. 후유증은 알아서 극복하도록 해요. 오늘 자정부터 대략 서너 시진 정도 복통과 설사가 지속될 거예요. 난 이만 가 볼게요."

탁!

서둘러 문이 닫히고.

혼자가 된 당능통은 울상을 지으며 분통을 터뜨렸다.

'미친……! 자정부터 서너 시진? 그러면 날을 꼬박 새우게 되잖아!'

* * *

산세가 험한 한중의 단두혈맹 총부.

팔백여 명의 살수군을 거느리고 있는 절대 맹주 구유사신 번암이 육 층 전각 꼭대기의 망루로 올랐다.

조용히 걸음을 옮긴 그가 일련의 풍광이 훤히 내려다보이는 난간 가까이로 다가선 직후.

스스스스…….

번암의 등 뒤로 투명한 파문이 일렁이더니 한 자객이 귀신처럼 모습을 드러냈다. 마치 처음부터 그 자리에 있었다는 듯이.

어지간한 기감으론 감지조차 힘든 절륜한 수준의 공간잠행술을 펼치며 나타난 그 인물은 바로 호북 지부의 수장이자 구대살령 서열 삼 위의 강자 명계숙수였다.

번암은 고개를 돌리지도 않은 채 물었다.

"어떻게 되었느냐?"

명계숙수가 깡마른 몸을 움직여 그의 우측에 서며 예를 갖췄다.

"예, 역시나 제 짐작이 맞았습니다."

"끌…… 애꿎은 은형살귀가 이용을 당한 것이로군."

"그렇습니다. 본 맹의 이름으로 처단해야 할 것입니다."

"누구더냐?"

"천보상단의 금지옥엽, 상소교였습니다."

명계숙수의 대답이 끝나기가 무섭게 번암의 체외로 가공할 살기가 뿜어져 나왔다.

이어지는 근엄한 목소리.

"그 계집의 일은 네게 맡기겠다. 반드시 목을 베도록 하라."

"알겠습니다."

"그리고 본좌는…… 전력을 모아 청풍검문으로 향할 것이야."

시커먼 방립 아래로 드러난 명계숙수의 두 눈이 반뜩 빛을 발했다.

"지부장들을…… 소집하셨습니까?"

번암이 고개를 가볍게 주억인 순간 뒤쪽으로부터 누군가의 음성이 흘러들었다.

"정예 전력과 함께 사천 지부로 집결하라는 전갈을 보냈지. 대략 보름 정도 뒤면 한 명도 빠짐없이 모일 수 있으리라고 여기네."

다름 아닌 맹 내의 이인자이자 구대살령의 수좌 살생판관이다.

명계숙수는 저도 모르게 신형을 움찔했다. 그가 모습을 드러내기 직전까지 일련의 기척을 전혀 감지하지 못했기 때문이다.

'그의 공간잠행술은 정말이지 볼 때마다 감탄을 금치 못하게 만드는구나.'

번암을 알현하는 자리라 굳이 기감을 돋우지 않았던 이유가 크긴 하지만, 그래도 이토록 근접한 거리의 기척을 느끼지 못했다는 건 그만큼 살생판관의 공간잠행술이 극상의 경지에 이르렀다는 사실을 뜻함이었다.

솔직히 기감을 한껏 돋우더라도 최소한 십 보 지척은 되어야 겨우 감지할 수 있었으리라.

다른 것을 떠나 오직 공간잠행술만 놓고 보면 맹 내 최고였다. 나아가 강호 전체를 통틀어 열 손가락 안에 들 정도로 독보적인 수준이었다.

사파 무림 내 경공술의 대가이자 십이존자 중 한 명으로 유명한 환우비영신(寰宇秘影神) 좌헌(左憲)은 과거에 살생판관을 두고 이런 말은 남긴 적이 있었다.

—당금 천하에 내 뒷그림자를 밟을 수 있는 자는 열을 넘지 않을 터. 아마 그중 한 명이 단두혈맹의 살생판관이리라. 그의 공간잠행술은 경신과 은신의 묘용을 동시에 발휘하는 최상승 공부로 나의 천유비적신법(天遊祕跡身法)에 견주어 봐도 크게 손색이 없다.

누구도 예상하지 못한 좌헌의 극찬으로 말미암아 살생판관은 단숨에 그와 어깨를 나란히 하는 경공술의 대가로 인정을 받게 되었다.

기실 두 사람 사이엔 인연이 있었다.

좌헌이 이끄는 천환신문(千幻神門)은 하북성 석가장에 위치했는데, 몇 해 전 살생판관은 의뢰를 받고서 그곳으로 갔다가 그와 조우하게 되었다.

평소 천유비적신법에 호기심을 품고 있던 살생판관은 오직 경공술만으로 겨뤄 보고 싶다며 부탁했고, 좌헌 역시 단두혈맹을 대표하는 공간잠행술에 관심이 생겨 흔쾌히 응했다.

물론 승부의 결과는 좌헌의 우위로 끝났다.

천유비적신법은 가히 인세의 그것을 초월한 절륜한 기예였다.

하나 그 일이 있고 얼마 후, 좌헌이 공간잠행술에 대한 칭찬을 아끼지 않으며 살생판관의 경공술 수위가 자신에 버금간다는 사실을 공개적으로 알렸다.

다른 사람도 아닌 십이존자 반열의 무인이, 심지어 경신 공부로 감히 따를 자가 없다는 절세의 초인이 상대를 인정한 까닭에 그 파장은 매우 컸다.

뭇사람은 그때부터 '살생판관의 공간잠행술은 당대 열 손가락에 꼽히는 절학' 이라며 그를 경공술 대가 중 한 명으로 꼽았다.

기실 단두혈맹 수뇌부라면 누구나 익히고 있는 공간잠행술이나 살생판관은 그 기예를 자기만의 방식으로 발전시켜 수준을 한 단계 위로 승화했다.

그렇다고 무공의 성취가 오직 경신 공부 한 가지에 특화된 것도 아니다.

맹 내 차석답게 검술과 내공 또한 맹주 번암을 제외하고 으뜸이었다. 무엇보다 간결함과 화려함이 공존하는 그의 검도 요체는 여느 자객 무리와 달리 독보적인 데가 있었다.

번암이 후계자로 지목한 은형살귀는 잠재적인 능력이 높은 것일 뿐, 당장 살생판관의 완성된 무위와 견주기엔 많이 부족했다. 무릇 구대살령의 서열은 연륜과 업적이 아닌 오직 현재의 무위가 기준점이기에.

번암 곁으로 다가선 살생판관이 이내 고개를 살짝 틀었다.

명계숙수는 얼른 두 손을 가슴 앞으로 모았다.

“오셨습니까, 일살령.”

언뜻 지나쳐 가는 눈길임에도 불구하고 서늘하게 가슴을 찌르는 듯한 기분.

예전부터 그랬다.

살생판관의 시선은 마치 무형의 칼날처럼 상대를 위축시키는 묘한 힘이 서려 있었다.

“과연 정보를 수집하는 능력은 삼살령 그대가 최고인 것 같군. 상소교라니, 참으로 뜻밖이야.”

일신의 기도와 어울리지 않는 칭찬의 소리에 명계숙수가 두 눈을 내리깔며 정중히 말을 받았다.

“아닙니다, 별말씀을…… 그나저나 저도 신속히 본 지부에 서신을 띄워야 하겠군요."

"그럴 필요 없네. 이미 자네를 대신해 호북 지부에 전갈을 보냈으니까."

살생판관의 말이 끝나기가 무섭게 번암이 예의 살기를 갈무리하며 비로소 신형을 뒤돌렸다.

『내 눈이…… 틀렸다고 생각하느냐?』

그의 은밀한 전성에 살생판관은 즉각 화답했다.

『절대 그렇지 않습니다. 이 정도 일에 낙담하는 인물이라면 진즉 맹주님께서 목을 베어 버리셨을 테지요. 아마 은형살귀는 이번 참패를 계기로 절치부심하여 제 무력을 한층 더 키우려 들 것입니다.』

번암은 흡족한 눈빛으로 입을 열었다.

"은형살귀의 보고서에 따르면 그 정체 모를 반로환동의 고수는 내 검술의 근간에 대해 정확히 알고 있는 듯했다."

그러자 살생판관이 고개를 끄덕인다.

"저 또한 그것이 가장 의문스럽습니다."

번암이 눈을 잠깐 감았다 뜨더니 두 사람을 향해 말했다.

"예전 너희한테 나눠 주었던 그 검술 책자의 요체는…… 다름 아닌 상고 무림의 전설인 용문검황(龍文劍皇)이 남겨 놓았던 진전이니라."

살생판관과 명계숙수의 눈동자가 경악의 빛을 담았다.

'허어! 설마하니 용문검황의 진전이었을 줄은……!'

용문검황 천무외(天無畏).

장구한 무림 역사를 통틀어 '황'이란 칭호를 얻은 몇 안 되는 고수 중 한 명.

천무외가 활동했던 시기는 무려 오백여 년 전으로, 당시 가공스러운 쾌검술을 앞세워 불과 여섯 해 만에 정파와 사파를 일통하는 전무후무한 업적을 남긴 인물이었다.

어디 출신인지, 나이는 어떻게 되는지 스승은 누구인지, 일신상의 모든 것이 비밀스러웠던 그는 삼십 년 가까이를 무림 절대자로서 군림했다.

갈고 닦은 무력이 얼마나 고강했으면 일흔 살이 될 때까지 외상이나 내상 한 번 입은 적이 없었다.

한데 그 이후, 새외 무림의 마도 세력인 천마신교(天魔神敎)가 중원을 침공해 왔을 때 생애 처음으로 큰 내상을 입게 되었고, 끝내 천마신교를 물리치긴 했지만 내상이 악화되어 숨을 거두고 말았다.

거짓말 같은 절대자의 죽음은 하나로 통합되어 있던 강호 무림에 분열과 대립을 야기했고, 마침내 몇 차례 큰 싸움을 치르고서 다시 정파와 사파로 나뉘게 되었다. 그 뒤로 지금까지 정사 양대 진영의 통합을 이룬 인물은 나오지 않았다.

그만큼 용문검황 천무외가 이루어 낸 무업은 실로 위대한 것이었다.

살생판관이 이내 물었다.

"맹주님, 과거 용문검황은 후계자를 두지 않은 것으로 알고 있는데…… 어떻게 그의 진전을 손에 넣으신 겁니까?"

"이미 알고 있다시피 난 본 맹에 몸담기 전 각종 고서를 수집하고 거래하는 일을 했다. 그때 우연히 한 상인으로부터 용문검황의 진전이 담긴 책자를 사게 되었지. 그 또한 천고의 기연이라면 기연이 아니랴."

두 살령이 조용히 머리를 끄덕인 찰나 번암의 동공이 이채를 머금었다.

"네 말마따나…… 아주 의문스러운 일이로다. 용문검황의 진전을 얻은 사람은 오직 나뿐인데, 그 정체불명의 고수가 예의 요체를 알고 있다는 듯한 태도를 보였으니."

"그렇다면 조금 더 면밀히 조사를 해 본 다음 움직이는 게 어떻습니까?"

살생판관의 권유에 번암은 단호히 고개를 흔들었다.

"내 직접 그리로 가 놈을 상대해 모든 의문을 해소할 것이니라. 나아가 청풍검문의 명맥도 이 칼로써 완전히 끊어 버릴 터."

동시에 음산한 귀화를 퍼뜨리는 한 쌍의 눈.

청풍검문 전체를 피로 씻어 내리겠다는 강한 의지가 엿보였다.

이내 살생판관이 입꼬리를 올리며 말했다.

"훗. 실상 아무도 모르고 있지요. 맹주님께선 이미 십이존자에 필적하는 무력을 보유하셨음을…… 동자로 화할 만큼 큰 깨달음을 얻은 고수라 하더라도 결코 무사하지 못할 것입니다. 교두 검무영은…… 제가 맡도록 하지요."

그에 번암이 희미한 미소를 흘렸다.

"후훗. 자신 있느냐?"

"예. 환우비영신 정도의 경신 공부가 아니라면 결코 제 공간잠행술을 감당할 수 없을 테니까요."

번암이 수염을 쓰다듬으며 명을 내렸다.

"본격적으로 움직이는 것은 한 달 뒤. 그러니 넌 내일부터 총부의 전력을 통솔하여 과거 북악권문에 행했던 것과 똑같은 합격 전술을 연습하라. 청풍검문도 그들 뒤를 따르게끔……."

"알겠습니다."

대답한 살생판관이 공간잠행술로 종적을 감춘 직후 번암이 걸음을 떼며 명계숙수를 향해 일렀다.

"천보상단의 금력(金力:돈의 힘)은 우리가 쉬이 예측할 수 있는 범주가 아니다. 아마 돈에 팔려 뒤를 봐주는 무문들 또한 부지기수일 것이야. 무슨 뜻인지 알겠느냐?"

그에 명계숙수가 칼자루를 어루만지며 두 눈을 빛냈다.

"본 지부의 전력이 도착하는 즉시 천보상단과 관련한 정보를 수집한 다음 맹주님 명령대로 상씨 계집의 목을 따 버리겠습니다. 나아가 아예 그 일족의 씨를 말려 버리겠습니다."

번암은 저편으로 걸어 나가며 읊조리듯 중얼거렸다.

"후훗. 암, 그래야 후환이 없을 테니까."

*　　　*　　　*

채애앵, 챙, 채애애앵, 까강, 까가가강, 까가강—!

일련의 금속성이 요란하게 울려 퍼지며 하연설을 비롯한 적전제자들 모두 뒤로 세게 나자빠졌다.

"으윽!"

"큿……!"

손목을 강하게 휘감은 뜨끔한 통증에 한껏 구겨진 인상들.

적전제자 다섯 명은 현재 검무영을 상대로 내력을 실은 검을 휘두르는 수련을 행하고 있었다. 그것도 순서 따윈 관계없이 한꺼번에…….

—단 한번이라도 내 묵필의 궤적을 뚫고 들어오면 성공한 것으로 치고 휴식을 취하게 해 주마.

수업 시작 전에 검무영이 했던 말.

하나 아직까지 성공한 사람은 아무도 없었다.

하연설, 단선후, 마봉 등은 저마다 곤혹스러운 표정으로 한숨을 쉬었다.

'하아…… 미치겠네!'

무표정한 얼굴로 묵필을 들고서 그냥 성의 없이 휘두르는 듯한 동작인데 도저히 빈틈이 보이지 않았기 때문이다.

검무영이 붓대를 어깨 위로 척 올리며 통명한 목소리를 흘렸다.

"발딱 일어나지 못해? 왜, 너무 힘들어서 개새의 추궁과혈이 필요한가?"

윽, 그딴 것 필요 없거든!

일동은 누가 먼저랄 것도 없이 지친 몸을 황급히 일으켜 세운다.

동시에 한쪽 옆에 누워 있던 개새가 아쉽다는 듯 입맛을 다시며 짧게 짖었다.

"멍!"

피식 웃은 검무영이 말했다.

"자, 다시 시작."

하연설을 비롯한 일동이 지면을 박찼다.

탓다다다닷, 타다다다다닷—

새로이 터득한 초상비의 운신이다.

아직 절정 고수의 그것처럼 완벽한 수준은 아니지만 핵심 요체를 제대로 깨우쳐 일련의 발동작이 굉장히 날렵했다.

만약 여느 문파의 후기지수가 이 광경을 봤다면 놀란 입을 다물지 못했을 것이다.

초상비란 경신 공부 자체가 어지간한 내공 수위로는 감히 배울 엄두조차 내기 힘든 고절한 기예인 것을…….

당장 정파 무림 내 최고의 후기지수라 불리는 정천십팔신성, 아니, 위천앙이 빠진 정천십칠신성 역시도 초상비를 펼칠 수 있을 정도의 내공 수위를 갖춘 인물은 절반에 불과했다. 그 정도로 입문하기가 어려운 경신 공부였다.

솔직히 운몽향아와 같은 초절정 고수의 가르침이 없었다면 하연설 등이 암만 내공 수위를 갖춘 상태라 하더라도 초상비를 성취하기까지 일 년 이상은 걸렸으리라.

신속히 검무영을 둥글게 감싸듯 포위한 다섯 명이 일제

히 검을 내찌르고.

쉭, 쉬이익, 쉬익—!

어깨, 옆구리, 다리 등 제각기 다른 곳을 노려 쇄도하는 날카로운 검극들.

질세라 묵필이 쾌속한 궤적을 그린다.

채채채채챙!

따가운 쇳소리가 귀청을 두드린 직후 적전제자들 모두 십 보 뒤로 강하게 밀리며 나지막한 신음을 흘렸다.

"크으윽."

"흐읏……."

하연설은 저릿한 통증이 스민 손목을 쓰다듬으며 속으로 감탄했다.

'눈 깜빡할 사이에 다섯 번의 휘두름……! 정말 대단해.'

그랬다.

일견 검무영의 팔놀림은 하나의 궤적을 그린 듯했지만 실상은 다섯 번이었다. 그것도 거의 동시에, 마치 팔이 순간 다섯 개로 늘어난 것처럼.

내공 수위의 상승으로 안력이 발전하지 않았다면 애당초 육안에 담는 것마저 불가능한 일이었을 터.

하기야 새삼스럽지도 않다.

예전 그가 기검체 일치에 대한 검술 시범을 보였을 땐 눈한 번 깜짝일 사이에 무려 여덟 번의 쾌속한 휘두름을 펼쳤으니까.

"다시."

무심한 음성에 적전제자들 모두 재차 호흡을 고르며 자세를 갖췄다.

아무래도 오늘은 해가 떨어지기 전까지 이 과정을 끊임없이 반복하게 될 것만 같은 불길한 예감이 든다.

하연설은 검을 움킨 손에 힘을 주며 고민스러운 눈빛을 흘렸다.

'분명히 해법이 있을 텐데…….'

그렇다.

여태껏 경험한 바에 의하면 검무영은 절대 답이 없는 문제를 던질 사람이 아니므로. 어떤 식으로든 해결을 보게 만들어 왔다.

지금도 마찬가지일 것이다.

별안간 검무영이 지나가듯 물었다.

"명상은 왜 했어?"

그 순간.

고민이 가득하던 하연설의 눈망울이 이채를 머금더니 투명한 흔들림을 자아냈다.

'잠깐만, 혹시……?'

뭔가 머릿속을 퍼뜩 스치는 게 있는 모양인데.

아니나 다를까 다른 적전제자들 또한 그녀처럼 두 눈 위로 묘한 빛을 내뿜고 있었다.

선우경리가 즉각 전음을 보냈다.

『하 사저, 교두님께서 굳이 저렇게 말씀하시는 건 그때 그 깨달음 속에 해법이 숨어 있다는 뜻 아니겠어요?』

고개를 가볍게 끄덕인 하연설이 얼른 전음으로 화답했다.

『아무래도 우리가 검날에 내력을 싣는 데 너무 몰두하고 있었던 것 같아.』

『네?』

『우린 명상을 통해 기억의 공백을 모조리 메워 잔혼각을 상대로 휘둘렀던 검세를 완벽히 기억해 냈잖아? 바로 그 검세가 문제의 답이 될 수 있으리라고 봐.』

그 소리에 선우경리가 '아!' 하는 표정을 지었다.

『과연 그렇군요! 무슨 의미인지 비로소 알겠어요. 내공을 이용한 찌르기에 몰두한 나머지 초식 운용을 간과하고 있었다는 거죠?』

『응, 맞아. 우리 검식이 너무 단조로웠어. 수업 시작 전의 교두님 말씀이 일종의 교묘한 함정이었던 셈이지. 내력을 실은 공세만 취하도록 유도하는…… 즉, 우리도 모르게 교두님을 한자리에 뿌리내린, 움직이지 않는 표적으로 인지하고 있었어. 그 때문에 일련의 검식도 단조로울 수밖에 없었고.』

『흐음, 이를 수업이 아닌 실전이라 여기고, 또한 교두님을 하나의 표적이 아닌 여러 명의 적이라 생각하며 검을 휘둘러야 되겠군요. 즉, 우리가 각자 맡아 상대하게 된 적이라고.』

『일전 잔혼각 무리와 싸웠을 때 각자 쾌검의 요체는 똑같아도 겉으로 드러나는 검세의 특성은 달랐잖아? 나는 청풍검결의 검초를, 그리고 선우 사매는 금라위광검법의 검초를 사용했듯이…… 그것이 아마 이번 수업의 핵심이 아닐까 싶어.』

선우경리는 그런 하연설의 이해력과 판단력에 감탄한 듯 눈웃음을 보냈다.

『제 생각도 그래요. 역시 사저의 재능은 남다르네요. 약간 무섭다는 느낌마저 들만큼. 후훗.』

그때 눈치 빠른 마봉이 불쑥 끼어들었다.

『뭡니까? 우리도 좀 같이 알자고요.』

하연설은 피식 웃으며 선우경리와 전음으로 나눴던 이야기의 요지를 나머지 세 사람한테 차례로 전달했다.

하품을 삼킨 검무영이 심드렁하게 일렀다.

"논의가 끝났거든 어서 시작해."

그러자 하연설이 자신감에 찬 표정으로 말을 받았다.

"이번엔 확실히 결과를 내도록 할게요."

"훗, 그래? 좋아, 기대하지. 여하간 똥으로 추락할지, 거름으로 남아 그 위에 싹을 틔울지, 그건 전적으로 너희가 노력하기 나름이야."

"네!"

힘차게 대답한 하연설이 수신호를 보낸다.

동시에.

타다다다닷, 타다다다다다닷!

초상비를 이용해 빠르게 내달리는 일동.

아까와 같이 검무영을 복판에 두고서 원진으로 포위하며 각기 다른 특성의 검초를 뿌렸다.

일순 검무영의 동공이 빛을 발했다.

'호오, 답을 찾았나?'

검초 운용으로 한층 다양해진 검날의 궤적들, 그에 검무영이 휘두르는 묵필도 단조로움을 벗고 어지러운 곡선을 그린다.

카카카캉, 카캉! 채채채챙, 채채채채채챙, 챙!

다섯 개의 검날과 붓대가 한데 어울리며 금속성을 연거푸 터뜨렸다.

하연설 등은 속으로 외쳤다.

'좋아, 가능성 있어!'

다들 변화를 실은 검세를 펼친 탓에 검무영이 휘두르는 묵필의 힘이 다소 완화된 까닭. 그로 인해 앞서처럼 허무히 뒤로 밀리지 않았다.

그것만으로도 성공이다.

검초가 한층 복잡하게 얽혀 들고, 그런 와중에 하연설의 검극이 아주 작은 틈을 발견했다.

지금이야!

신속한 판단과 함께 이뤄진 쾌속한 일초.

쐐애액!

청풍검결 제이장의 찌르기 위주의 초식 풍류청광(風流青光)이다.

그녀의 검극이 마침내 붓대의 궤적을 피해 검무영의 옆구리로 엄습해 들었다.

그 찰나.

덥석!

검무영이 좌수로 검날을 움키며 말했다.

"그만."

그에 나머지 네 자루의 검이 우뚝 정지했다.

이내 하연설이 놀란 표정으로 물었다.

"교, 교두님? 괘, 괜찮으세요?"

무표정한 검무영이 되물었다.

"날 걱정해 주는 건가?"

순간 하연설의 옥용 위로 홍조가 스치고.

"다…… 당연하죠! 검날을 맨손으로 잡으실 줄은 몰랐다고요."

짐짓 새치름한 그녀의 대꾸에 검무영이 곧장 검날을 놓았다.

손바닥은 멀쩡했다.

아마 순간적으로 내공을 한 단계 위로 이끌어 내 움켰던 모양이다.

"내가 무슨 너처럼 덜떨어진 하수인 줄 알아?"

살짝 일그러지는 그녀의 눈썹.

어휴! 하여간 저 남자, 말 한번 참 곱게 한다니까! 라는 표정.

검무영이 뒷짐을 지더니 신형을 뒤돌려 걸으며 명령했다.

"지금부터 전원 운기조식으로 내력을 채운 다음 저녁 시간 전까지 휴식을 취하도록. 내일부터는 다른 수업이 시작될 거다."

"예!"

그렇게 멀어지던 검무영이 재차 입을 열었다.

"잘했어."

가부좌를 틀려던 적전제자들 모두 흠칫 놀라 동작이 굳었다.

'뭐?'

일동은 어리둥절한 얼굴로 시선을 교환했다.

'치…… 칭찬을 하시다니! 방금 잘못 들은 것 아니지?'

뜻밖이었다.

그것이 실마리를 찾은 하연설에 대한 칭찬인지, 아니면 다섯 명 모두에 대한 칭찬인지 알 수는 없었지만.

그러거나 말거나 검무영은 기지개를 켜며 저편 건물 모퉁이를 돌아 모습을 감췄고, 하연설 등은 환한 미소를 그리며 운기조식에 돌입했다.

* * *

좌우로 나무가 우거진 길을 따라 나아가는 긴 행렬이 보인다.

언뜻 봐도 족히 오백 명이 넘을 듯한 인원.

무리의 선두엔 범상치 않은 기도를 가진 두 명의 무인이 있었다.

우측에 자리한 오십 대 도수가 눈알을 번뜩이며 낮은 목소리를 발했다.

"성도에 도착하자마자 천금각과 잔혼각이 전멸했다는 소문을 듣게 될 줄은 몰랐는데…… 왠지 꺼림칙하구려."

백삼사도(白衫邪刀) 굉덕(宏德).

사천성의 동남쪽 끝 흥문에 위치한 사파 무문 백인문(白刃門)의 문주이다.

가운데 선 동년배 검수가 말을 받았다.

"난 절대 믿을 수 없소. 다른 사람은 몰라도 천금각주의 실력은 누구보다 잘 아는데, 청풍검문 따위에 당했을 리 만무하오."

정함(丁咸), 별호는 무정검호(無情劍豪).

그 역시도 흥문의 사파 세력인 맹수검당(猛獸劍堂)의 당주였다.

정함의 말을 들은 굉덕이 고개를 주억이며 수긍했다.

"하기는……."

이윽고 그들의 전방 시야에 청풍검문이 나타났다.

정함이 한쪽 입꼬리를 당겨 올렸다.

"후훗, 이제 곧 황룡이 나타났다는 터를 볼 수 있겠구려."

그랬다.

맹수검당과 백인문은 황룡 승천과 관련한 소문을 듣고서

청풍검문을 찾은 것이었다.

정함과 굉덕이 손짓을 보내자 뒤를 따르던 휘하 무인들이 일제히 병기를 뽑아 들며 짙은 살기를 내뿜었다.

그렇듯 흉흉한 기세로 전진하며 청풍검문에 가까워지던 어느 순간.

"어?"

눈깔이 휘둥그레지는 두 사람.

다름 아닌 철문 앞을 지키고 앉아 있는 두 마리 대웅묘 때문이다.

'아니, 저건 뭐야?'

너 나 할 것 없이 의문을 품은 찰나 흥청이 갑자기 죽창을 쥐고서 벌떡 일어나 팻말을 들어 보였다.

〈청풍검문에 오신 것을 환영합니다.〉

뒤이어 망청도.

〈안에 따뜻한 차를 마련해 놓았습니다.〉

굉덕과 정함을 비롯한 백인문, 맹수검당의 일행이 당혹스러운 표정을 감추지 못했다.

한데 그때.

"커헝!"

"크아앙!"

괴성을 지른 흥청, 망청이 죽창을 세차게 내질렀다.

콰우우우웅, 콰우우우우웅—

태풍을 방불케 하는 어마어마한 두 줄기 창풍이 발출되어 쏘아졌고, 그에 휩쓸린 오백여 명은 저마다 비명을 토하며 마구 튕겨져 날아가 쓰러졌다.

천옥창후 주려화를 사사한 궁극의 초식 모두한방에 의해 그야말로 초토화된 공간.

흥청과 망청은 제 할 일을 다 했다는 듯이 바닥에 퍼질러 앉아 만두 찜통으로 발을 뻗었다.

"우호옹."

"후잉, 후잉."

입가에 웃음기까지 머금고서.

길 한쪽 구석의 나무 밑에 처박힌 무정검호 정함이 피를 토하며 중얼거렸다.

"끄헉…… 따뜻한 차를…… 마련해 놓기는…… 개뿔……."

그렇게 그는 정신이 완전히 끊겨 버리고 말았다.

*　*　*

같은 시각, 진천당가의 한 내실.

가주 당효악은 자신의 앞으로 온 한 장의 서신을 받아 펼쳤다.

그것은 당문신보대로부터 온 보고서였다.

<검 교두가 건넨 정보와 일치하는 장소를 찾았음. 현재 전 대원 소집 중.

당문신보대 대대장 경렴>

삭.

이내 보고서를 반으로 접어 덮은 그가 조용히 신형을 일으켜 세웠다.

"드디어 움직일 때가 되었군."

집무실 문을 열고 마당으로 나온 당효악이 몇 걸음을 떼기도 전에 한 인영이 그의 등 뒤에 조용히 나타나 섰다.

"신보대장으로부터 서신이 왔습니까?"

예를 갖춰 나지막한 목소리를 발하는 인물.

다름 아닌 가주 직속의 호위대인 당문천무대 대장 휴경

이었다.

고개를 끄덕인 당효악의 시선이 그의 얼굴 위로 머물고.

"새외 세력이 은신하고 있는 장소를 발견했다."

그 말과 함께 서신을 건넨다.

휴경은 즉각 그것을 받아 펼치더니 짤막한 글귀 밑에 그려진 지형을 두 눈에 담으며 의미심장한 표정으로 입을 열었다.

"변경인 서장과 인접한 서쪽 절곡 내에 은신해 있었군요. 하기야 이 지역은 천험의 요새지나 다름없으니……."

"그곳이 본거지일 리는 만무하지. 아마 중원 진출의 교두보로 삼은 일종의 전진기지일 것이야."

"예, 가주님. 제 생각도 그러합니다. 과거 전뇌신궁의 활동 무대는 북방 장성 너머의 대초원이었으니까요. 멸문지화로부터 어렵사리 잔존한 무리가 비밀스럽게 명맥을 이으며 굳이 이 먼 데까지 와서 일을 꾸민 것은…… 그 배후에 다른 세력이 도사리고 있다는 의미가 아니겠습니까?"

당효악의 짐작도 그와 같았다.

"한때 새외 여덟 패자 중 한 명이었던 전광검신의 진전을 이은 두 고수를 휘하에 둘 정도라면…… 우리가 생각하는 것 이상으로 강대한 세력이리라 짐작되는군."

"적의 목표는 십중팔구 사천성 전역을 손에 넣는 것일

테니 이번 기회에 확실히 뿌리를 뽑아 후환을 없애야 합니다."

예나 지금이나 새외에 적을 둔 무림 세력들 목적은 오직 하나였다.

대륙 진출, 달리는 강호 무림 위의 군림.

변경은 척박한 곳이 많아 세를 불리기가 여의치 않았기에 그들은 비옥하고 풍요로운 들판이 가득한 이 땅을 항상 호시탐탐 넘어다보았다.

여태껏 중원 세력과 새외 세력 사이에 일어났던 대혈전도 전부 그 이유.

하나 승자는 늘 중원 세력 쪽이었다.

비록 정파와 사파가 대립 관계에 놓여 단체 간의 분쟁이 끊이질 않는다지만 삶의 터전을 빼앗으려는 적 앞에선 한마음으로 힘을 모아 맞섰다.

그 때문에 새외 세력은 그 연합 전력을 상대로 우위를 점하기가 쉽지 않았고, 무리하게 각개격파를 시도하다가 패퇴하는 경우가 대부분이었다.

대저 싸움이란 것은 멀리 원정을 가는 진영이 여러모로 불리한 법.

무엇보다 가장 큰 원인은 인원, 물자 등의 조달이다.

원하는 시기에 여러 가지 자원을 빨리빨리 충당하는 데

무리가 따르는 까닭이다.

게다가 새외 지역은 모든 것이 풍족하지 못하기에 시일을 끌면 끌수록 불리했다. 해서 온갖 자원을 곁에 두고 가만히 자리를 지키고 앉아 방어하는 중원 세력을 무너뜨리기란 여간 어려운 일이 아니었다.

한데 이번에 태동한 새외 무리는 뭔가 달랐다.

대륙의 심장부라 할 수 있는 중앙 지역으로 곧장 진격하는 것이 아니라 외곽 지역인 사천성부터 손에 넣으려 한다.

그것을 통해 궁극적으로 노리는 바는 분명히 자원 확보였다. 그렇게 이곳 사천성을 아예 새로운 근거지로 만든 다음 세를 확고히 다져 하남, 하북, 산동 등 핵심 지역으로 진출할 심산임이 틀림없었다.

당효악이 조용히 발걸음을 옮기며 말했다.

"그렇지, 삭초제근(削草除根). 총력을 동원해서라도 반드시……."

먼저 도발해 온 만큼 절대 피하지 않으리란 의지가 엿보인다.

곧바로 이어지는 명령.

"당장 청풍검문에 전령을 보내도록 하라."

"예."

"이번 일전은 더없이 중요하다. 현재 은신한 적의 전력이 어느 정도인지 가늠하긴 힘들지만 당문팔대(唐門八隊)의 절반을 움직여 완벽히 섬멸할 생각이니 각 대장도 이리로 소집하라."

"알겠습니다."

명을 받은 휴경이 신속히 사라진 직후 당효악은 마당을 거닐다가 문뜩 읊조리듯 중얼거렸다.

"숙부님께선 어떡하고 계신지 자못 궁금하군."

*　　*　　*

"크하하, 크하하하……! 좋아, 떠오른다! 아주 미친 듯이 떠올라! 도저히 멈출 수가 없구나!"

당능통은 실성한 사람처럼 연신 대소하며 손을 바삐 놀리는 중이었다.

스윽, 스으윽, 슥, 스윽.

크고 하얀 지면 위로 거침없이 그어지는 어지러운 선들.

바로 기관장치의 설계 도면이다.

책상 옆쪽엔 이미 완성된 도면 수십 장이 수북이 쌓여 있었다.

시간이 얼마 지나지 않아 또 한 장이 완성되고.

"아니야, 아직 부족해! 만족할 수 없어! 지금 생각나는 것을 모조리 종이에 옮겨 놓아야 한다!"

운몽향아가 준 약을 복용하며 강제적으로 상단전을 각성한 그는 현재 무시무시한 뇌력을 발휘하는 중이었다. 정말이지 머릿속으로 온갖 묘용을 담은 기관장치가 쉴 새 없이 떠올랐다.

슥, 스슥, 슥—

무아지경에 빠진 그의 붓질은 도저히 멈출 기미가 보이지 않았다. 또한 광기 어린 목소리도…….

"크큭! 내가 바로 천하제일 신수야장이니라! 무림 역사상 전무후무한, 누구도 뚫을 수 없는 철의 요새를 만들 희대의 장인이지! 으하하핫, 으하하하하핫……!"

*　　*　　*

성도 서남쪽 외곽에 위치한 예전 십악대의 터.

백리대약은 향후 청풍표국으로 사용하게 될 이곳의 점검을 마친 후 걸음을 돌렸다.

그렇게 번화한 저잣거리를 지나 청풍검문 방향으로 이어지는 숲길에 접어들었을 때.

'어엉?'

별안간 흠칫하며 신형을 멈춰 세웠다.

무려 오백여 명에 달하는 무인이 흡사 시체처럼 쓰러져 누운 상태로 시야에 담겨 드는 공간을 가득 채우고 있었기 때문이다.

하나 놀라움도 잠시, 곧 사태를 파악한 그다.

'끌, 불쌍한지고. 두 문지기한테 호되게 당한 모양이구나. 모름지기 누울 자리 봐 가며 발을 뻗으라 했거늘.'

이윽고 정문 가까이에 이르자 흥청과 망청이 찜통을 깨끗이 비운 채 대가리를 꾸벅꾸벅하며 졸고 있는 모습이 보였다.

"어험, 험."

백리대약이 헛기침을 발하자 흥청, 망청이 그제야 감겼던 눈을 반쯤 뜨며 나지막한 소리를 흘렸다.

"우웅……."

"크흐응……."

왠지 기력이 없는 듯한 태도.

순간 백리대약은 의문을 품었다.

'아니, 왜들 저러지?'

그러다가 다시 고개를 뒤돌려 여기저기에 기절해 드러누운 적의 모습을 살폈다.

'아, 이런…… 내공 분배를 잘못한 것이 틀림없구먼. 방대한 기운을 단번에 토해 버리면 자연히 심신이 지치기 마

련이지.'

그 순간.

드드드, 드드드드……

육중한 철문이 좌우로 입을 벌리더니 한 손에 찜통 바구니를 쥔 운몽향아가 걸어 나왔다.

"어머나?"

그녀의 짧은 목소리에 흥청, 망청이 우람한 몸뚱이를 움찔하더니 긴 죽창을 지팡이 삼아 느릿느릿 일어났다.

백리대약이 얼른 두 손을 가슴 앞으로 모아 예를 표하자 운몽향아가 목례로 화답한 후 흥청, 망청을 바라보았다.

"아이 참, 이러면 곤란한데."

그러자 흥청, 망청이 사람인 양 허리를 굽실굽실 한 뒤에 똑같이 뒤통수를 긁적였다.

졸아서 죄송합니다! 이거 정말 면목이 없습니다! 라는 듯한 모양새.

운몽향아가 생긋 웃더니.

"여도한방, 저도한방, 모두한방 삼초식도 무릇 상황에 맞게 써야지, 무작정 일신의 내공을 모조리 담아서 뿌리면 어떡하니? 약한 적이든 강한 적이든 그런 식으로 단방에 해결하려 들면 안 돼. 스승이 죽은 뒤로 너무 오랜 세월을 너희끼리 지낸 탓에 내공을 원활하게 사용하기가 힘든 모양이구나?"

흥청과 망청이 낮게 '크엉' 거리며 머리를 주억인다.

힘 조절이 잘 안 돼요! 그런 의미.

그런 두 짐승의 눈깔이 이내 운몽향아의 손으로 향하는데.

만두다, 만두!

둘의 눈빛이 순식간에 돌변하자 운몽향아가 갑자기 웃음기를 거두었다.

"흠, 내 지도가 따로 필요할 것 같네. 내공을 적절하게 쓰는 법을 다시금 깨우치렴."

동시에 흥청, 망청이 동공이 급격히 흔들렸다.

"꾸히잉, 꾸히이잉!"

"흐엉, 흐어엉!"

질겁한 표정으로 앞발을 마구 흔드는 꼴로 보아 운몽향아의 존재가 두려운 것 같았다.

하지만.

"너무 걱정할 필요 없단다. 대략 반 시진이면 끝날 거야. 물론 죽은 너희 스승보다는 좀 엄할 테지만. 오호홋."

목소리는 부드러웠지만 그 속엔 항거하기 힘든 어떤 마력이 서려 있었다.

꿀꺽.

짐승 주제에 마른침까지 삼킨다.

아무래도 과거에 자신들 스승과 친분이 두터웠던 운몽향아의 가공할 무위를 잘 알고 있기에 겁을 먹은 듯했다.

"앞으로 계속 만두를 먹고 싶다면 내 말을 따르는 게 좋아."

운몽향아의 말이 끝나기가 무섭게 홍청과 망청이 죽창으로 땅을 탁탁! 치며 괴성을 질렀다.

"헝!"

"커엉!"

흡사 전의를 불태우는 것처럼.

운몽향아가 찜통 바구니를 한쪽에 놓으며 일렀다.

"표두는 어서 들어가 봐요. 난 애들 지도를 마친 다음에 저녁 준비를 하려고요."

"아, 알겠습니다."

대답한 백리대약이 서둘러 신형을 옮겨 연무장으로 발을 들였다.

등 뒤의 철문이 꾸궁! 하고 닫힌 찰나.

운몽향아의 간드러지는 소성과 함께 기공을 구사하는 요란한 파공음이 일며 홍청, 망청의 울부짖는 소리가 메아리쳤다.

"크허엉, 크허어엉……!"

"우어어엉, 우어엉!"

*　*　*

사천성 서쪽 끝에 위치한 깊은 산곡의 한 동혈.

수백 개의 횃불이 걸린 그 내부 공간은 굉장히 넓었다.

천장, 벽면, 지면 할 것 없이 인공적으로 반듯하게 다듬어 놓은 대광장이다.

거기엔 무려 일천 명에 육박하는 무인이 모여 있었는데, 그중 날카로운 기도를 간직한 육십 대 검수가 가만히 입을 열었다.

"검림지존께서 이곳으로 오고 계시다."

노검수는 무리를 이끄는 수장임이 분명했다.

은빛 꽁지깃 장식이 달린 전모와 소맷자락에 검은 띠가 주렁주렁 매달린 백색 장의…… 그 일신의 복장만 보더라도.

주변에 있던 무인들 모두 두 눈 위로 맹렬한 빛을 내뿜었다.

살의와 전의가 뒤섞인 안광들.

하나같이 흡사 맹수의 그것처럼 더없이 살벌한 기도였다.

이내 한옆에 있던 중년 무인이 물었다.

"광선검존(光線劍尊). 우리 짐작대로…… 전검존과 뇌검존은 결국 패사한 것입니까?"

그에 광선검존이라 불린 노검수가 전모 위의 꽁지깃을 어루만지며 고개를 끄덕였다.

"그렇다. 지존께서 은광신응의 깃을 통해 재차 확인해 주셨느니라. 어차피 처음부터 큰 기대는 하지 않았다. 십이존자를 얕본 대가이지."

"지존께서 당도하시기 전에 이곳의 위치를 들키진 않을지 조금 우려스럽군요. 만약 전검존이나 뇌검존이 죽기 전에 불기라도 했다면……."

순간 광선검존의 눈동자가 싸늘히 가라앉았다.

"후후훗. 설사 그들이 이리로 들이닥친다 한들 내 검을 감당할 수 있으리라 여기느냐?"

동시에 예의 중년 무인을 비롯한 전원이 일제히 고개를 숙였다.

"아닙니다!"

미소를 흘린 광선검존이 허리의 칼을 어루만지며 말했다.

"내가 익힌 검술은 과거 중원 전체를 휘어잡은 전설적인 초인의 진전! 또한 이 검도 그가 남긴, 중원 역사를 통틀어 손꼽히는 명검 중의 명검이 아닌가! 제아무리 존자 급 강자가 온다고 하더라도 날 꺾을 수는 없느니라. 후후훗."

호홀지간.

뒤쪽으로부터 그와 똑같은 복장을 한 무인 세 명이 유령처럼 스르륵 나타나더니 새하얀 이를 드러내며 웃었다.

"아무렴. 게다가 우리도 있잖은가. 크흐흣……."

第七章
현장 체험 학습

운기조식으로 하단전의 내력을 회복한 적전제자들은 차례로 숨기를 고르며 눈을 뜬 후 조용히 신형을 일으켜 세웠다.

천공엔 어느덧 황적색 저녁놀이 퍼지고 있다.

하연설은 그런 하늘을 눈동자에 담으며 빙그레 미소를 지었다.

'본 문은 얼마 전까지만 해도 서편으로 향하는 저 해와 같은 신세였지. 아니지, 해가 사라지고 없는 어둠이나 다름 아니었어. 하지만 이제는…….'

새하얀 손이 슬그머니 주먹을 쥔다.

몰락한 사문의 부흥은 아득하게 먼일이라 여겼는데…… 온통 비밀에 싸인 검무영과 인연을 맺음으로써 그러한 걱정은 씻은 듯 사라졌고, 희망찬 내일을 꿈꾸며 오직 수련에만 몰두할 수 있게 되었다.

그녀만 그런 것이 아니다.

단선후와 마봉 역시 똑같은 마음이다.

이것이 만약 꿈이라면 절대 깨고 싶지 않은 꿈.

양욱도 마찬가지였다.

한때 그는 청풍검문을 손에 넣으려던 사파 무문의 수장이자 마을 사람들이 전부 손가락질을 하던 건달패의 수괴였다. 그러나 흑사당의 강제 폐문에 이은 청풍검문 입문으로 온갖 수난을 겪으며 버티고 버틴 결과, 지금은 어엿한 정파 일류 검수의 풍모를 갖추게 되었다.

우여곡절이 많은 선우경리라고 다르랴.

음심을 품은 사부 금검대공 파흠으로부터 추행을 당한 채 아픈 기억을 안고 살다가 어긋난 애심과 살심에 휩싸여 하연설을 죽이려 했고, 또한 그 광기의 대가인지 제 무리로부터 배신마저 당하는 참담한 상황까지 겪었다.

그렇듯 깊은 나락에 떨어졌을 때.

생각지도 않은 검무영이 홀연 등장해 구원의 손길을 뻗었고, 구사일생으로 마음의 상처를 완전히 치유할 수 있었다.

감사했다.

정말이지 이 모든 것이…….

하연설을 비롯해 다들 하늘을 곱게 물들인 찬란한 색채를 바라보며 감상에 젖은 때.

"멍."

개새의 짧은 짖음이 상념을 깨뜨렸다.

일동이 일제히 소리가 들린 쪽으로 고개를 돌리자 꼬리를 신나게 흔들며 관궁 곁으로 향하는 개새의 모습이 눈동자에 들어와 박혔다.

"후훗, 조교님은 매사 해맑다니까."

하연설의 말에 선우경리가 한마디 보탰다.

"게다가 매사 힘이 넘치죠. 때론 지나칠 정도로. 우후훗. 솔직히 교두님을 제외하면 최고수 아닐까요?"

"참 궁금해. 도대체 어디에서 왔는지……."

돌연 마봉이 인상을 한껏 찡그리더니.

"윽, 진짜 두 번 다시 당하고 싶지 않아. 조교님의 괴상망측한 추궁과혈……! 끔찍해, 끔찍하다고!"

그의 투덜거림에 단선후와 양욱도 동의한다는 듯 머리를 끄덕거렸다.

이내 그들 시선이 곧 하연설의 옥용 위로 머문다.

유일하게 개새의 혀 맛을 보지 않은 그녀가 부럽다는 것처럼.

"에혀, 하 사저는 좋겠어요. 우리 입술은 더럽혀지고 말았는데. 젠장, 내 혀를 탐할 수 있는 사람은 오직 운몽 소저뿐인 것을……."

마봉은 그 말과 함께 악몽을 지우려는 듯 고개를 세차게 흔들었다.

하연설이 피식 웃음을 터뜨린 찰나 선우경리가 나지막이 입을 열었다.

"하 사저의 입술은 따로 임자가 있잖아요. 그렇죠, 하 사저?"

얼굴이 새빨개진 하연설이 당혹한 기색을 감추지 못했다.

"사매! 그, 그게 무슨……."

단선후 등이 어리둥절한 표정을 짓는 가운데 마봉이 갑자기 두 눈을 휘둥그렇게 떴다.

"아앗! 대사저, 설마……?"

뜨끔한 하연설이 말을 더듬었다.

"서, 설마? 뭐…… 뭐가 설마인데?"

꺄아! 어떡해! 혹시 교두님에 대한 내 알 수 없는 이상한 감정을 눈치챈 걸까? 그렇게 겉으로 티가 났던 거야? 라는 불안한 눈빛.

일순 눈매를 가늘게 좁혀 뜬 마봉이 뭔가 짐작이 간다는 투로 중얼거렸다.

"옳아, 이제 보니……."

거듭 가슴이 철렁한 하연설이다.

'저 의미심장한 표정……! 분명히 눈치챈 거야! 아악, 부끄러워! 곧 모든 문도가 알게 될 텐데, 이를 어쩐담? 게다가 앞으로 교두님 얼굴은 또 어떻게 봐?'

그때 양욱이 보채듯 물었다.

"뭡니까, 마 사형? 무슨 일이에요?"

"쳇, 역시 그랬어. 하 사저는 지금 마음속에 한 사내를 품고 있는 거야!"

"예? 그, 그게 누군데요?"

양욱의 놀란 물음에 단선후까지 반응했다.

"마 사제, 짚이는 게 있는 모양이지?"

"그럼요! 하지만 난 절대로 반대입니다! 저기, 대사저. 다시 한 번 생각해 봐요. 그는 결코 대사저와 어울리지 않습니다!"

선우경리가 얼른 그를 만류했다.

"왜요? 전 아니라고 보는데. 오히려 둘 다 너무나 잘 어울린다고 여겨요."

동시에 마봉이 미간을 구기며 눈을 부라렸다.

"뭐라고?"

가까스로 안색을 수습한 하연설이 외쳤다.

"다들 그만해! 제발 좀."

하나 곱게 물러서지 않는 마봉이다.

"아니요, 그럴 수 없습니다. 이건 중차대한 사안이라고요. 대사저는 앞으로 본 문을 이끌어 나갈 귀한 몸인데, 고작 그런 사내한테 마음이 끌리는 것은 도저히 두고 볼 수가 없는 일입니다! 그는 애초에 사저의 연심을 가질 자격이 없어요! 일련의 말투도 그렇고, 생긴 것도 뺀질뺀질 짜증 나고…… 물론 일신의 무공이야 나무랄 데가 없긴 하지만, 그래도 싫습니다! 단순히 싫은 정도가 아니라 사저가 만에 하나 그와 입술을 맞대는 날엔 우리 모두 힘을 모아 큰 폭동을 일으킬 겁니다!"

순간 하연설과 선우경리 둘 다 낯빛이 새파랗게 질렸다.

'세상에! 빼…… 뺀질뺀질? 저러다가 매타작이라도 당하면 어쩌려고? 아니, 단순한 매타작으로 끝나지 않을 텐데?'

반면 양욱은 궁금해 미칠 지경이었다.

"윽, 그러니까 그게 누구입니까? 이름이나 들어 보자고요!"

"인마, 그것도 몰라?"

신경질적으로 대꾸한 마봉이 다시 목소리를 이었다.

"너도 일전에 봤잖아! 잘난 가문의 그 뺀질이 말이야!"

별안간 양욱이 이마를 탁! 치고.

"아하! 충공섬전수 당한림?"

"그래, 그놈! 그때 똑똑히 봤지? 그 자식이 감히 대사저를 향해 추파를 던지던 모습을."

고개를 끄덕인 양욱이 대번에 정색하며 외쳤다.

"하 사저! 그렇다면 저도 반대입니다! 조교님의 추궁과혈만큼이나 그가 싫습니다! 그럴 바엔 차라리 교두님이 어때요? 제 눈엔 솔직히 당한림보다 훨씬 멋진 것 같은데."

제대로 헛다리를 짚은 그들.

하연설은 멍한 눈빛을 띠다가 이내 실소를 흘리고 말았다.

"풋, 그래. 알았어. 사제들 뜻이 그렇다면 어쩔 수 없지."

마봉과 양욱이 멍한 얼굴로 그녀를 응시한다.

'어엇? 포기한 거야?'

'허……! 나 참…… 뭐가 저렇게 쉬워?'

솔직히 당한림이 그냥 재수 없어서 억지를 부린 것일 뿐인데, 이렇듯 단번에 통할 줄은 몰랐다.

직후 선우경리가 은밀한 전음을 보냈다.

『후훗. 다행히 아직까진 아무도 모르고 있네요.』

하연설은 은근슬쩍 안도의 한숨을 쉬고는 짐짓 새치름하게 고개를 돌렸다.

한편.

관궁을 상대로 검을 놀리던 평제자 일동은 수업 수업을 마무리하고서 저마다 바닥에 퍼질러 앉으며 앓는 소리를 냈다.

나날이 수련 강도가 높아진 탓에 다들 지친 기색이 역력했다.

누구 한 명 예외 없이 헐떡헐떡 숨을 태우는 꼴이 마치 큰 전쟁을 치르고 난 병사 무리를 보는 듯한 느낌마저 드는데.

하나 일련의 과정이 힘들고 괴로운 만큼 일신의 기도도 발전했기에 불만을 품는 사람은 아무도 없었다. 오히려 저마다 희열이 가득한 눈빛을 띠고 있었다.

특히 기존의 평제자 스물한 명은 한껏 고무된 상태였다.

표필을 포함한 금라대 출신 사십여 명은 원래부터 일류 수준의 검수였지만, 자신들은 애초에 기공조차 제대로 깨우치지 못한 하수였잖은가. 그런데 어느새 금라대와 어깨를 나란히 할 만큼 장족의 발전을 이룬 까닭에 감회가 남달랐다.

뒷짐을 진 관궁이 씩 쪼개며 일렀다.

"오늘부로 찌르기 수련은 끝났다. 내일부터는 베기 수련을 시작할 거야."

평제자들은 비로소 다음 단계로 넘어가게 되었다는 기쁨에 환호성을 내질렀다.

하나 관궁이 금방 찬물을 끼얹었다.

"키킥. 그리 좋아할 필요 없어. 지금까진 몸풀기에 불과했으니까. 앞으로 생지옥을 경험하게 만들어 줄 테니 잠이나 푹 자 둬."

삽시에 닫혀 버린 주둥이들.

벌써부터 수련의 공포가 엄습해 온다.

그때 관궁 옆에 자리한 개새가 짧게 짖었다.

"멍, 멍."

그러기가 무섭게.

철컹, 끼이이이이—

두꺼운 쇠문이 개방되더니 운몽향아와 흥청, 망청이 안으로 발을 들였다.

호홀지간 장내에 불쑥 나타난 검무영이 심드렁한 눈빛을 던지며 말했다.

"보아하니 특별 지도를 한 모양이군."

미소를 머금은 운몽향아가 고개를 주억이며 홍청, 망청의 머리를 쓰다듬었다.

"네, 내공 분배에 애를 먹는 것 같아서 반 시진 동안 확실히 깨우치게 만들었어요. 참, 그리고 이것을……."

그녀는 신속히 검무영 곁으로 가 서신을 건넸다.

"뭐지?"

"진천당가로부터 전령이 왔더군요."

귀를 쫑긋한 관궁의 동공이 반짝 빛을 뿜었다.

"드디어 때가 되었군! 크흐흣."

서신을 펼쳐 내용을 확인한 검무영이 곧 평제자들 쪽을 보며 무심하게 명했다.

"평제자 전원은 저녁 식사 이후 길을 떠날 채비를 마치도록."

뜻밖의 명에 표필이 어리둥절한 표정으로 조심스럽게 입을 열었다.

"예? 길을 떠날 채비라니요?"

신형을 휙 뒤돌린 검무영이 성큼성큼 걸음을 옮기며 말했다.

"현장 체험 학습이다. 날이 밝는 즉시 출발할 거야. 인솔은 교관과 조교가 한다. 이상."

*　　*　　*

초경 무렵.

서늘한 밤바람이 집무실 창틈으로 살금살금 넘나들며 탁상에 놓인 등불을 흔들어 놓았다.

그에 세 사람의 그림자가 천장과 벽면을 따라 크게 일렁거린다.

검무영과 관궁, 그리고 운몽향아.

현재 그들은 내일 진천당가 일행과 합류해 새외의 적이 숨어 있는 장소로 향하는 일과 관련해 대화를 나누는 중이었다.

찻잔을 탁! 놓은 관궁이 히죽 웃었다.

"후훗. 내 이번에 반드시 그놈의 흔적을 찾고 말겠어."

옆에 자리한 운몽향아가 고개를 갸웃거렸다.

"흠…… 그자가 과연 살아 있긴 할까요?"

"감이 왔다고! 놈은 분명히 살아 있는 듯해! 물론 그 후인일 가능성도 있겠지만……. 젠장, 그러면 김새는데."

그때.

"복수할 기회야."

검무영의 말에 관궁의 안색이 흠칫 굳었다.

"뭐……?"

그러자 검무영의 입술이 희미한 호선을 그리며 올라갔다.

"살아 있다고. 네게 굴욕을 안겼던 그 신비 고수."

일순 관궁의 눈동자 위로 커다란 파문이 번진다.

"야! 확실해? 진짜 살아 있어? 그냥 감이 아니고?"

검무영이 한 번의 고갯짓으로 대답을 대신하자 관궁은 머리털이 쭈뼛 서는 전율에 휩싸였다.

'저 반응…… 정말인 모양이군!'

운몽향아 역시 적잖이 놀란 기색이었다.

"교두님, 혹시 그때 용신안으로 다른 무엇을 보셨던 거예요?"

"전뇌신궁의 후인인지 뭔지 그놈 머릿속엔 별다른 게 없었어. 단지 사천성 내에 마련해 놓은 은신처와 그 주변의 풍경만 보였을 뿐."

관궁의 면상이 대뜸 일그러진다.

"뭐? 쌍, 그럼 네놈도 결국 모르는 거잖아!"

돌연 검무영이 우수를 움직이자 관궁은 붓대가 날아드는 줄 알고 신형을 움찔했다.

"쫄기는."

피식한 그가 우수를 가볍게 흔들자 허공섭물에 의해 책상 서랍이 스르륵 열리더니 그림자 하나가 둥실 떠올랐다.

이내 무형의 내기에 이끌려 탁상 위로 살포시 내려앉는 둥근 형태의 물건.

바로 전검존이 소유하고 있던 전모였다.

동시에 관궁과 운몽향아의 눈길이 전모 위쪽을 장식한 은빛 꽁지깃으로 쏠렸다.

"어머나, 그렇군요. 영조의 깃……."

그녀의 중얼거림에 관궁이 머리를 끄덕이며 배시시 웃었다.

"킥. 하여간 저놈의 용신기는 참 기오막측하다니까. 그 망할 영감이 진짜 제대로 된 괴물 하나를 키워 냈어."

검무영은 검지로 은빛 꽁지깃을 가볍게 퉁기며 마주 웃었다.

"훗, 고맙게 여겨. 이 요상한 깃털을 통해 적의 우두머리의 실체를 알아내느라 용신기를 삼 할 가까이 소모했으니까. 바닥에 온갖 검이 잔뜩 꼽힌 지하 공간이던데…… 정확한 위치까진 알지 못하겠더군. 여하간 덕분에 최소 열흘 이상 운기조식을 행하게 생겼어."

은광신응의 깃은 영혼을 연결하는 매개체.

아마도 검무영은 제 용신기로 그 영적인 힘을 역이용해 상대의 존재를 파악해 낸 듯싶었다.

운몽향아의 붉은 입술이 홀연 한 줄기 희미한 미소를 담고.

'무릇 용은…… 천하의 모든 신수와 영물의 으뜸. 영조의 신력이 제아무리 신묘하다 한들 용신기만큼 가공할 묘용을 발휘하긴 힘들지.'

그때 관궁이 뜻밖이라는 듯한 표정으로 눈을 가늘게 떴다.

"어이, 너…… 갑자기 왜 이래? 괜히 사람 불안하게 왜 평소 안 하던 친절을 베풀고 지랄이야?"

"멍청하기는. 사종검황, 그 별호가 가진 무게를 생각해야지."

검무영이 툭 던진 말에 꿈틀하는 관궁의 눈썹.

"뭣?"

"애늙은이 넌 과거에 정파와 사파를 막론한 중원 무림의 상징이었어."

"……."

"그런 네가 당시 패배를 당한 건 중원 무림 전체의 패배를 뜻함이나 다름 아니지. 또한……."

말꼬리를 흐린 검무영이 붓대를 어루만지더니 재차 목소리를 이었다.

"지금은 엄연히 영감의 진전을 이은 후인 중 한 명이야. 그런 네가 패배의 낙인을 지닌 채 세월을 보내는 꼴은 내가 도저히 못 보겠단 말이지. 저승에 간 영감도 절대 용납하지 않을걸?"

그의 시선이 곧 운몽향아의 얼굴에 머물렀다.

"운몽 할멈의 경우도 마찬가지야. 물론 두 사람 모두 정식 후계자라곤 할 수 없지만."

그녀가 말없이 생긋 웃었다.

순간 관궁의 동공 위로 무형의 불꽃이 일었다.

"그래, 괴물 영감과 조우하지 않았다면…… 현재의 나도 없었겠지."

여느 때와 달리 더없이 진중한 표정과 음성.

"그자는 분명히 네가 찾던 인물이 분명해. 깃털과 이어진 영기가 그렇다고 확실히 알려 줬으니까. 그는 아마…… 네가 살아 있다는 사실을 까맣게 모를 거다. 어쩌면 존재 자체를 기억 못 할 수도 있고. 어때, 자존심 상하지 않나?"

"칫, 말이라고!"

"그러니까 확실히 만회해. 이대로 생을 마감하기 전까지 그 수치스러운 패배의 기억을 뇌리에 간직한 채로 지내기 싫다면."

검무영은 그 말과 함께 조용히 신형을 일으켜 세우더니 창가로 걸음을 옮겼다.

손짓 한 번에 창문이 좌우로 활짝 입을 벌리자 차가운 밤

공기와 더불어 우련한 달빛이 내실로 스며들었다.

"우리는…… 생사고락을 함께 나누며 두 번 다시 떠올리기 싫은 그 영세의 지옥을 폐하고 가까스로 생존했어. 아주 특별한 인연이지. 하기야 너희 생각은 어떨지 모르겠군."

운몽향아가 귀를 덮은 머리칼을 뒤로 쓸어 넘기며 말을 받았다.

"세상에 둘도 없을 믿음직스러운 동료들. 후훗. 저 또한 교두님…… 아니, 검룡제와 사종검황 두 분을 그리 여기고 있답니다."

별안간.

휙—!

창문 밖으로부터 개새가 빠르게 날아 들어와 탁상 위에 자리했다.

"멍, 멍멍!"

뭐야, 날 빼놓으면 섭섭해! 라는 듯이.

운몽향아가 까르륵 교소를 발하며 개새의 머리를 부드럽게 쓰다듬었다.

"그럼요, 당연하죠. 조교님도 저 두 분과 마찬가지로 최고의 동료랍니다."

"멍."

개새는 기분이 좋은지 눈을 반쯤 감고 앙증맞은 꼬리를

살랑살랑 흔들었다.

그때 관궁이 발끈해 소리쳤다.

"하! 동료? 난 아닌데! 그냥 악연일 뿐이야! 저 개 놈의 새끼를 포함해 너희 전부 다!"

"맘에 없는 말씀을 잘도 하시네요."

운몽향아의 그 말이 끝나자마자 개새가 옆으로 고개를 홱 꺾어 관궁을 바라보더니.

"크르르……."

"크, 크르르? 이 망할 식충이 새끼! 어디 감히 송곳니를 드러내…… 끄아악!"

붓대의 기습에 관궁이 두 손으로 대가리를 감싸 쥐며 눈살을 구겼다.

쌤통이라는 듯 입매를 비틀어 올리는 개새.

해죽.

그 모습을 본 관궁은 속이 부글부글 끓었지만 애써 노기를 억눌렀다.

'크윽, 어디 두고 봐라! 내 언젠가 반드시 네놈 새끼를 잡아 처먹을 방도를 찾고 말 것이야!'

개새가 마치 상대의 속내를 읽은 것처럼 킁! 하고 콧방귀를 뀐다.

직후 운몽향아가 나지막이 물었다.

"한데 그자가 지금껏 생존했다면…… 혹 사종검황께서 이루신 반로환동처럼 모종의 깨달음을 얻어 수명이 연장되었을 가능성이 크지 않겠어요?"

하품을 삼킨 검무영이 심드렁하게 대꾸했다.

"그건 나도 몰라."

일순 관궁이 자그마한 손을 꽉 움키며 눈동자를 번뜩였다.

"크흐흣. 놈…… 긴 세월을 격한 만큼 부디 일신의 무위가 한층 발전했기를 바란다. 그래야 싸울 맛이 나지."

창밖을 응시하던 검무영이 문뜩 뭔가 생각이 났다는 얼굴로 물었다.

"이봐, 할멈. 그 곰들, 오랜 시간을 외지에 처박혀 지낸 탓에 실전 경험이 부족하지 않나?"

운몽향아가 기다렸다는 듯이 말을 꺼냈다.

"안 그래도 그것과 관련해 말씀을 드리려던 참이었는데…… 이번에 흉청, 망청을 평제자 일동과 함께 딸려 보내는 게 좋겠어요. 오늘 저를 통해 다시금 내공을 적절히 분배하는 법을 깨우쳤으니…… 잇단 실전을 통해 그 무위를 가다듬도록 만들면 향후 더욱더 큰 활약을 펼칠 수 있으리라 여겨요."

"좋아, 그렇게 하지."

검무영의 고개를 끄덕이기가 무섭게 관궁이 기대된다는 눈빛으로 중얼거리며 웃었다.

“새외 놈들 반응이 아주 가관이겠군. 개새끼 한 마리도 모자라 곰 두 마리까지 나타나면 과연 어떤 표정을 지을까? 크크크…….”

곧바로 이어지는 검무영의 목소리.

“거기에 애새끼 모습을 한 너도 있잖아.”

*　　*　　*

이튿날.

관궁, 개새, 홍청과 망청, 그리고 육십여 명의 평제자는 아침 식사를 끝낸 후 청풍검문을 떠났다. 그리고 나머지 인원은 여느 때처럼 똑같은 일과를 시작했다.

하연설을 비롯한 적전제자들이 연무장의 중앙에 모여 선 가운데 검무영이 이윽고 그들 앞에 나타났다.

한데…….

“어?”

다섯 명 모두 두 눈을 동그랗게 뜬다.

다름 아닌 검무영의 왼손에 큰 종이 여러 장이 들려 있었기 때문이다.

하연설이 대표로 질문을 던졌다.

"저…… 교두님, 종이는 왜 가지고 오셨어요?"

"초식 수련."

시큰둥하게 대답한 그는 이내 종이를 바닥에 펼치더니 묵필을 검쥐었다.

뒤이어.

슥, 스슥, 스으윽…….

일필휘지로 써 내리는 글자들. 그렇게 순식간에 다섯 장이 완성되었다.

각 종이엔 하연설, 단선후 등 적전제자들 이름이 큼직하게 적혀 있었다.

일동은 저마다 영문을 몰라 고개를 갸웃거렸다.

'뭐지? 설마 인제 와서 다시 붓글씨 연습을……?'

묵필을 갈무리한 검무영이 일렀다.

"자신 앞에 놓인 글자를 잘 보도록."

일동은 누가 먼저라 할 것도 없이 고개를 숙여 글자를 유심히 살폈다.

시간이 얼마 지나지 않아.

"아……!"

하연설을 시작으로 다들 나지막한 탄성을 흘리며 전방의 검무영을 바라보았다.

"머리에 와 닿는 바가 있나?"

그러자 하연설이 얼른 입을 열었다.

"네, 완전히 동일해요! 교두님께서 쓰신 필체와 제 필체가…… 마치 제 것을 그대로 베껴 쓰신 것 같은 느낌이에요."

다른 네 명도 그녀 말에 동의하는지 일제히 고개를 끄덕인다.

직후 검무영이 뒷짐을 지며 말했다.

"보다시피 다섯 명 다 필체가 조금씩 다르다. 그것이 바로 앞으로 너희가 각자 사용하게 될 고유의 검초이지. 내가 말했지? 검을 운용하는 요체만 같으면 초식은 아무래도 상관없다고."

"예."

일동이 입을 모아 대답한 순간.

검무영이 갑자기 두 눈을 지그시 감았다.

—내가 가르치려는 것은 글자이니라.

뇌리를 스쳐 지나가는 스승의 목소리.

'영감, 잘 봐 둬. 저 녀석들 앞으로 세상을 뒤흔들 훌륭한 검수로 키워 보일 테니까. 내 몸에 아로새겨 남긴 그 위

대한 유산…… 만천하에 화려히 꽃을 피울 수 있도록. 이제부터 진짜 시작이야.'

그러곤 곧 눈을 뜨며 하연설 등을 향해 나지막한 음성을 흘렸다.

"내가 가르치려는 것은 청풍검결이 아닌 쾌검술 그 자체의 묘용이다."

"네? 그게 무슨……?"

청풍검결 초식을 배우기를 기대했던 적전제자들 모두 어리둥절해하자 검무영이 씩 웃었다.

"쾌검술을 구사하는 문파는 청풍검문 한 곳이 아니지. 하나 그 근간을 이루는 핵심적인 요체는 오직 한 가지일 뿐. 이번 수련과 함께 그것을 깨닫고 나면 청풍검결이든 뭐든…… 당금 천하에 존재하는 모든 쾌검술 초식을 너희들 것으로 만들 수 있을 거다."

동시에 일동의 표정이 새하얗게 질렸다.

'어억! 뭐, 뭐라고?'

'세상에, 저게 무슨 말이야?'

너무나 엄청난 소리에 다들 경악을 금치 못하는 가운데 검무영의 입술이 한층 짙은 미소를 그렸다.

"믿건 말건."

第八章

개전(開戰)

호젓한 산길을 나아가는 칠백여 명의 인원.

사천성 서쪽에 은신한 새외 무리를 치기 위한 청풍검문과 진천당가의 행렬이었다.

파천신군 당효악은 현재 진천당가를 대표하는 전력 당문팔대 중 네 개의 전대를 이끌고 온 상태였다.

가주가 가는 곳이면 어디든 그림자처럼 따른다는 당문천무대는 물론이고 당문천녀대(唐門天女隊), 당문암룡대(唐門暗龍隊), 당문독무대(唐門毒武隊)가 가세한 가히 막강한 전력이다. 어지간한 중견 문파 정도는 반나절 만에 휩쓸어 버릴 수 있을 만큼의…….

당문천무대 다음으로 유명한 당문천녀대는 팔대 가운데 유일하게 여인으로 구성된 전대로, 주된 임무는 가모의 호위와 보필이었다. 그리고 가주 당효악이나 장로회의 재가 없이도 독자적인 행동을 할 수 있는 특권까지 가졌다.

당문천녀대가 이렇듯 특권을 누리게 된 것은 바로 당효악 대에 와서 이뤄진 일이었다. 그 이전까진 당문천무대를 제외한 다른 전대와 별반 다를 바 없이 가주나 장로회의 허락이 있어야만 움직이는 게 가능했다.

작금에 당문천녀대가 변화를 맞이할 수 있었던 이유는 한 여인의 영향력 때문이었다.

묘장부인(妙掌夫人) 단목채원(端木彩元).

현 당효악의 아내이자 사천성 내 여고수들 중 상위에 속하는 강자.

금년 마흔여덟 살의 단목채원은 사천성 면양에 위치한 정파 무가 호장단목가(豪壯端木家)의 차녀로 어릴 때부터 무공에 대한 소질이 남달랐다.

무엇보다 장법에 남다른 재능을 보이며 스무 살을 기점으로 큰 두각을 드러냈고, 역사와 전통이 짧아 명문가 반열에 들지 못하던 호장단목가를 세인의 뇌리에 확실히 각인시켰다.

출수가 절묘한 장법을 구사한다고 하여 처녀 시절엔 묘

장랑(妙掌娘)이란 별호로 불리다가 당효악과 혼인을 한 뒤로는 별호의 끝 글자가 '부인'으로 바뀌었다.

친선 비무를 통해 당효악과 눈이 맞아 진천당가로 시집을 온 단목채원은 가모 직속 호위대로 배정된 당문천녀대의 전력이 자못 성에 차지 않았다.

그래서 자신이 직접 대장 자리를 맡아 지도하며 불과 오 년 만에 당문천무대에 버금가는 우수한 전대로 키웠고, 그 공을 높이 산 당효악은 가주령을 발동해 당문천녀대로 하여금 특별한 권한을 누릴 수 있게 했다.

당연히 단목채원이 전대를 함부로 움직여 진천당가의 명성에 누를 끼치지 않으리란 믿음이 있었기에 그러한 결단을 내린 것이었다. 또 가내의 다른 사람들 역시 그녀와 함께 생활하며 품성이 올곧다는 사실을 잘 알았으므로 반대 의사를 표하기는커녕 도리어 전폭적인 지지를 보내 주었다.

당효악은 이번 원정에 있어 당문천녀대의 합류를 배제할 생각이었다.

하지만 단목채원은 강하게 주장했다.

—부군의 곁을 따르는 것은 의당 여인의 도리인데 어찌 만류하시나요?

그 고집을 꺾기란 여간 어려운 일이 아니라 당효악도 어쩔 수 없이 두 손 두 발을 들고 허락했다.

당문천녀대와 더불어 참전하게 된 당문암룡대와 당문독무대는 각기 암기술과 독술에 능통한 전대로 무엇보다 집단 전투에 큰 빛을 발하는 전력이었다.

당문암룡대의 대장은 당효악의 동생 암경폭환(暗勁爆環) 당규악(唐逵鍔)으로 직계 비전 암기술 구환관살공(九環貫殺功)을 극성으로 깨달은 절정의 고수였다.

진천당가 고유의 암기 암영옥환(暗影玉環)을 자유자재로 다루는 당규악의 무위는 실상 무백 반열에 능히 들고도 남을 수준이었다.

다만 형 당효악이 이미 이름을 올리고 있어 굳이 거론하지 않는 것일 뿐…….

모든 방면에 통달한 당효악을 빼고 암기술 하나로만 따지면 최고 실력자나 다름 아니었다.

애초에 암영옥환을 다루는 것 자체가 너무나도 어려운 공부이거니와 시커먼 어둠이 폭발하듯 뿜어지는 구환관살공의 묘용을 직접 본 무인은 한결같이 '당가에 만천화우가 없으면 또 어떠랴, 구환관살공이 존재하는데' 라며 극찬을 아끼지 않았다.

그만큼 당규악의 암기술은 누구나 인정하는 절륜한 기예였다.

그런 그와 단짝을 이루는 것이 바로 당효악의 사촌이자 당문독무대 대장 절독대유(絕毒大儒) 당추오(唐秋悟)인데, 정파와 사파를 통틀어 손꼽히는 독술의 대가 중 한 명이었다.

당규악, 당추오가 통솔하는 당문암룡대와 당문독무대는 큰 싸움이 발생할 때면 항상 한 조를 이뤄 움직였다.

이유는 하나, 집단 전투에 있어 암기술과 독술의 조합만큼 위력적인 게 없기 때문이다.

그것은 역사가 증명해 준다.

무려 오백 년을 이어져 온 진천당가는 그동안 수많은 싸움을 치렀지만 두 전대의 조합이 무너진 경우는 드물었으니까.

당효악이 당문팔대 중 절반 남짓한 전력을 움직였다는 것은 곧 소중한 혈족의 죽음, 즉 당월도를 포함한 당문신보대 제사소대의 전멸에 대한 앙갚음을 몇 배로 되돌려주리라는 의지의 표명이었다.

설사 그 대상이 새외 세력이 아닌 강호 무림의 양대 산맥 철무련, 대붕성이라 하더라도 혈족의 죽음 앞에선 수단과 방법을 가리지 않고 복수를 위한 전면전을 선포했으리라.

당효악을 필두로 한 전대들, 그리고 적의 은신처 주변에 몸을 숨긴 채 대기 중인 당문신보대까지 합하면 진천당가 원정대의 규모는 거의 팔백 명에 가까웠다.

반면…….

청풍검문의 인원수는 그와 비교해 너무나도 초라해 보였다.

의당 그럴 수밖에.

관궁, 개새, 흉청과 망청에 평제자 육십여 명이 전부인데.

하나 진천당가 무인들 어느 누구도 감히 청풍검문 일행을 무시하지 못했다.

사종검황 관궁이 누구인가.

과거 정사를 막론하고 적수가 없었던 전대 최강의 초고수가 아닌가.

당대 존자 반열에 이름을 올린 당효악조차도 그러한 관궁의 존재를 함부로 대하지 못하는 상황인데, 하물며 휘하 네 개 전대의 무리는 달리 말할 것도 없었다.

개새와 흉청, 망청은 또 어떻고.

불가사의함을 넘어 어떤 두려움마저 느끼게 하는 힘을 보유한 신비로운 짐승들.

금강불괴를 이룬 것도 모자라 자유로이 허공을 비상하는

개새와, 한때 오대무후로 불리며 천하를 주름잡았던 천옥창후 주려화의 진전을 몸에 지닌 흥청과 망청의 무력은 가히 압도적인 데가 있었다.

진천당가 입장에선 솔직히 청풍검문의 전력이 더 화려해 보이는 게 사실이었다.

개새는 행렬 맨 앞에 자리한 채 뭐가 그렇게 신이 나는지 연신 꼬리를 살랑살랑 흔들어 댔다.

그것을 본 뒤쪽의 관궁이 눈살을 찌푸리며 중얼거렸다.

"크! 저 망할 식충이 놈, 이번에 또 애먼 짓거리를 벌이는 건 아닐지 벌써부터 불안하군."

일전 단두혈맹의 은형살귀 패거리가 습격해 왔을 때 개새가 하늘로 날아가 버렸던 일이 새삼 뇌리를 스친 까닭이었다.

개새는 돌연 귀를 쫑긋 세우더니 고개를 뒤로 홱 돌렸다.

"멍, 멍!"

동시에 관궁의 표정이 한껏 구겨졌다.

"크윽, 저 개 놈의 새끼가 진짜……!"

문뜩 옆에 있던 당효악이 궁금한 눈빛으로 물었다.

"조교님이 뭐라고 하십니까?"

"뭐라고 하긴, 자기가 알아서 한다지. 쌍, 퍽도 그러겠다!"

그때.

뒤뚱뒤뚱.

개새 바로 뒤로 녹색 죽창을 든 채 커다란 몸집을 옮겨 나아가는 흥청과 망청이 똑같이 고개를 돌렸다.

"꾸우웅."

"흐엉, 흐어엉."

뜻을 알 수 없는 소리들.

거듭 인상을 찡그린 관궁이 턱짓을 보내자 개새가 얼른 청안신웅묘들 말을 해석해 주었다.

"멍, 멍멍, 멍, 멍멍!"

그러기가 무섭게 관궁이 이마 위로 핏대를 세우며 고함쳤다.

"이 빌어 처먹을 곰 새끼들! 아직 하루도 안 지났는데 고새 만두 타령이냐! 뒈지고 싶어?"

은연중에 실린 고강한 무형지기에 의해 일대 지면과 숲이 가볍게 뒤흔들렸다.

드드드드…….

뒤따르던 진천당가 일행은 저마다 화들짝 놀라 신형을 흠칫거렸다.

뒤이어 다들 속으로.

'전하는 이야기에 의하면 성격이 아주 지랄 맞게 더럽다

더니 정말인 것 같군.'

'휴우…… 아무래도 저 비위를 맞추기란 어려울 것 같군.'

'어지간하면 눈 마주치지 말자.'

한편 흥청과 망청은 성난 꾸지람에 기가 죽은 것처럼 고개를 푹 숙였다.

그 모습을 본 당효악은 어이없다는 듯 피식 웃다가 조용히 입을 열었다.

"한데…… 사황께선 어찌하여 후인을 찾지 않으십니까?"

관궁의 눈썹이 꿈틀 올라갔다.

"후인이라니?"

"과거 사황께서 세우셨던 휘광검문(輝光劍門)의 후인 말입니다."

"이미 멸문하고 없잖아."

관궁의 심드렁한 대꾸에 당효악이 뜻밖이라는 눈빛을 흘렸다.

아무리 그대로 제 손으로 개파한 무문인데 어쩌면 저렇게 무심할 수 있는 것이지? 그런 의미의 눈빛.

속내를 간파한 듯 관궁이 다시 말했다.

"은퇴를 선언하기 전에 내 모든 진전을 주었어. 나머지 일은 그놈들 몫이었지. 그때부터 완전히 관심을 끄고 살았다. 괜히 연관되어 봐야 피곤하기만 했을 테니까. 게다가 난 어떤 놈을 찾기 바빴다고. 한데 그동안 소리 소문도 없이 한순간에 망해 버렸더군. 쯧."

당효악이 고개를 끄덕인다.

"참 거짓말 같은 일이지요. 사황께서 은퇴하시고 십여 년도 채 지나지 않아 곧바로 문도들 모두 사라졌으니…… 모종의 세력 간 분쟁에 의한 것인지, 내분에 의한 것인지, 세간에 알려진 사실은 아무것도 없습니다."

"하여간 병신들…… 개중에 쓸 만한 녀석도 더러 있었는데. 특히 내가 후계자로 지목했던 놈의 자질은 상당했어. 뭐, 나처럼 '황'의 칭호를 가질 만큼은 아니었지만."

"저 새외 세력이 그랬듯이 휘광검문도 어쩌면 그 후인이 아직 잔존할 가능성도 있지 않을까 싶습니다만……."

"몰라, 은퇴와 동시에 관심 껐다니까!"

그렇게 대꾸한 관궁이 대뜸 일신의 공력을 이끌어 냈다.

그에 의해 요란하게 진동하는 공기.

쿠구구, 쿠구구구구……!

이내 관궁이 우렁차게 외쳤다.

"자, 전원 지금부터 전력을 다해 질주한다! 뒤처지는 새끼는 그냥 두고 갈 거야!"

콰하앙!

용천혈로 내력을 폭사한 그가 지면을 깨부수며 번개처럼 전방으로 쏘아져 나갔다. 질세라 개새와 흥청, 망청도 경공술을 펼쳐 그 뒤를 따랐다.

평제자들 역시도.

"교, 교관님! 잠깐만요!"

저마다 당황한 표정으로 힘차게 내달린다.

일신의 내공 성취를 대변하듯 그 한 명 한 명의 발놀림이 더없이 가볍고 빨랐다.

당효악이 어깨를 으쓱이더니 희미한 미소로 나지막이 일렀다.

"우리도 서두르자꾸나."

"예, 가주님!"

* * *

사흘 후.

창공을 찌를 듯 높이 솟구친 고목들 사이로 햇살이 비스듬히 내리비치는 가운데 흰 무복을 두른 이십여 명의 무인이 몸을 웅크리고 앉아 있었다.

바로 당문신보대 제사소대의 신임 소대장 당세망(唐勢望)

과 휘하 대원들.

도합 열 개 소대는 현재 대대장 경렴의 명을 받아 새외의 적이 은신하고 있는 동혈을 중심으로 각기 조를 이뤄 매복한 채 당효악이 이끄는 원정대가 합류하길 기다리는 중이었다.

반 각 정도 지났을까.

일대 숲 주변을 살피러 갔던 정찰조 네 명이 복귀했다.

당세망이 목소리를 죽여 물었다.

"적의 동태는?"

"아직까지 별다른 움직임이 없습니다."

"흐음, 지금쯤이면 가주님께서 경내로 발을 들이셨으리라 생각되는데……."

그의 말이 다 끝나기도 전에.

파사삭—!

좌측 저편에 무성한 자란 수풀이 가볍게 흔들리더니 사십여 명의 검수가 빠르게 쇄도해 들었다.

"적이다!"

당세망의 외침과 동시에 대원들 모두 일신의 내공을 이끌어 내며 싸울 태세를 취했다.

선두 열의 검수 십여 명이 돌진과 함께 검극을 쭉 내찔렀다.

쐐애애액, 쐐애애애액, 쐐액—

여러 가닥의 시퍼런 검기가 순식간에 오 장 거리를 격해 짓쳐들어온다.

제사소대는 진천당가를 대표하는 경공술 중 하나인 무풍비산영(無風飛散影)을 펼쳐 좌우로 흩어지며 일련의 검기를 모조리 회피했다.

원래 당문신보대의 장기는 다름 아닌 보법과 신법.

간발의 차이로 빈 공간을 베고 지나간 예기의 파도는 그대로 후방의 아름드리나무 수십 그루를 일렬로 박살 내 버렸다.

와지끈, 콰드드드드득……!

곧장 당세망의 역공이 이어지고.

피피핑, 피피피핑—!

열 손가락 끝으로 맹렬히 쏘아진 지풍에 십여 명의 검수는 제각기 검풍을 마주 쏘았다.

퍼버버버버벙……!

기풍의 충돌로 커다란 아지랑이가 번지는 가운데 검수 한 명이 쾌속한 보법을 밟아 당세망 정면으로 바짝 육박하더니 검을 세차게 그어 내렸다.

'웃, 빠르다!'

생각보다 두 다리가 먼저 움직인다.

시퍼런 검기를 머금은 칼날은 아슬아슬하게 가슴팍을 스쳐 지면을 쾅! 두들겼다.

당세망은 그 빈틈을 놓치지 않았다.

파밧— 퍼어억!

빠르게 올려 찬 발이 검수의 턱을 깨부수자마자 새로운 검수 둘이 양쪽을 엄습해 검극을 세차게 들이밀었다.

흠칫한 당세망은 질세라 지면을 박차고 도약하며 몸을 뒤집었다.

휘리리릭.

순출표몰(瞬出飄沒)이란 일신의 별호를 대변하듯 더없이 신쾌한 운신.

그는 역회전의 공중제비로 양방의 검세를 피한 다음 채 지면에 떨어지기도 전에 두 손을 놀려 진천당가의 대표 지공 섬궁지(閃穹指)를 구사했다.

슈웅, 슈우웅!

양쪽 검지로부터 섬광 같은 지공이 화살처럼 발출되어 두 검수의 미간을 무참히 꿰뚫은 찰나 적의 인원수는 어느덧 세 배 가까이 늘어나 둥근 포위망을 구축하고 있었다.

당세망이 즉각 허리에 걸린 신호탄을 쏴 올리며 소리쳤다.

"선류방진(旋流防陣)!"

그에 반응한 전 소대원이 신속히 당세망 곁으로 모여 원진을 구축했다.

커다란 원진을 만든 검수들, 그리고 그 속에 갇힌 상태로 작은 원진을 만든 당문신보대 제사소대.

그렇듯 양 진영이 대치한 가운데 이곳에 나타난 검수 무리의 수장으로 짐작되는 오십 대 검수가 이기죽거렸다.

"훗, 용케 우리가 숨은 곳을 찾아냈구나."

그때.

휭휭휭휭휭.

뭔가 세차게 회전하는 풍성이 장내 사람들 귓전으로 와 닿았다.

소리의 방향은 다름 아닌 하늘.

제사소대 일동과 새외 검수들 모두 똑같이 고개를 쳐들자 믿을 수 없는 광경이 눈에 담겨 들었다.

오 장 위 허공에 꼬리를 팽이처럼 돌리며 둥실 떠 있는 누런 개 한 마리, 그리고 그 뒷다리를 하나씩 붙잡고 매달려 있는 거대한 몸집의 대웅묘 두 마리…….

적은 저마다 넋이 나간 눈빛이었다.

'저, 저게 무슨……?'

한낱 짐승이, 그것도 작은 똥개 따위가 공중부양을 한 상태로 구름처럼 머물고 있다니. 게다가 제 몸집의 스무 배도

훌쩍 넘어 보이는 대웅묘 두 마리까지 매달고서.

정말이지 머릿속이 멍하다 못해 어질어질할 지경인데.

당세망이 대뜸 반색하며 외쳤다.

"청풍검문이 도착했다!"

동시에 홍청과 망청이 '으엉!' 하고 울더니 개새의 뒷다리를 놓으며 땅 위로 뚝 떨어져 내렸다.

쿵, 쿠궁.

육중한 무게에 의해 지면이 가볍게 떨린 직후 홍청과 망청은 각기 좌우로 뒤뚱뒤뚱 움직여 선류방진을 구축한 제사소대를 등지고 섰다.

뒤이어 개새가 새처럼 강하해 바닥에 사뿐히 착지하더니 멍멍! 짖었다.

그에 제사소대가 환호성을 토했다.

"와아! 청풍검문 서열 삼 위 개새 조교님께서 친히 납셨다!"

"아하핫! 천만다행이야! 과연 기다린 보람이 있어!"

그러한 반응에 새외 검수 무리는 이게 도대체 무슨 일인지 갈피를 잡기 힘들다는 듯 어리둥절한 표정을 지었다.

'저, 저것들…… 단체로 미쳤나? 조교님이라고?'

'아니, 개를 상대로 존칭을 써?'

공중부양을 통한 등장은 둘째 치고, 암만 봐도 전혀 위협

적이지 않았다.
그냥 귀엽게 생긴 똥개일 뿐.
제사소대를 엄호하듯 좌우 방향에 죽창을 들고 자리한 대웅묘 두 마리도 마찬가지였다.
이내 냉정을 되찾은 오십 대 검수의 입매가 씰룩 비틀리며 비소를 흘렸다.
"푸훗, 정신 나간 것들."
그 순간.
흥청과 망청이 돌연 죽창을 세차게 내질렀다.
콰아아아아— 콰아아아아아아아—!
창극으로부터 뿜어져 나오는 가공할 경력.
그 웅장한 기의 소용돌이에 휩쓸린 검수 사십여 명의 몸통이 무참히 터져 나가며 무수한 핏방울을 퍼뜨렸다.
후두두두두두둑…….
졸지에 동료의 핏물을 뒤집어쓴 검수 무리는 제자리에 그대로 굳어 버리고 말았다.
그게 끝이 아닌 것을.
콧방귀를 킁! 뀐 개새가 뒷다리로 지면을 차더니 단숨에 거리를 격해 자그마한 머리로 오십 대 검수의 가슴팍을 들이받았다.
꽈드드득!

"끄악!" .

흉골이 으스러지는 소리와 함께 충격을 받은 상대는 눈 깜빡할 사이에 숲 너머 저 멀리로 날아가 자취를 감췄다.

잠시 후.

오십 대 검수가 땅에 추락한 것으로 짐작되는 쿵! 하는 소리가 아련한 메아리처럼 울렸다.

다른 것도 아니고 전설의 외공 경지 금강불괴지체와 충돌했으니 보나 마나 즉사했으리라.

가공할 무위 앞에 피아를 구분할 것 없이 장내에 자리한 사람들 전부 말문을 잃었다.

"……!"

특히 새외 패거리는 등골을 타고 오르는 오싹한 전율에 휩싸였다. 뭐라 형언하기 힘든 무척이나 생소한 두려움이 었다.

'여…… 역시 단순한 짐승이 아니야! 영묘한 괴력을 가진 신수다! 그렇지 않고선…….'

개새가 만족스럽다는 듯 해죽 입꼬리를 올리며 짖는다.

"멍, 멍!"

덩달아 흥청과 망청도 죽창을 바닥을 탁탁! 치며 춤을 추듯 우람한 체구를 덩실거렸다.

"흐엉, 흐어엉."

"꾸히이잉, 꾸히잉."

제사소대 일동은 귀신에 홀린 듯한 얼굴로 저도 모르게 박수를 보냈다.

그때.

진을 이루고 있던 검수 십여 명의 목이 정체 모를 예기에 의해 무참히 잘려 나가며 비릿한 피 분수를 토했다.

투투투투투투—

밤송이인 양 지면을 나뒹구는 머리통들.

중인의 시선이 그쪽으로 집중된 순간 한 인영이 허공을 격해 원진 안으로 내려섰다.

허공답보를 펼치며 등장한 그, 사종검황 관궁이다.

"키키킥. 반갑구나, 이 새끼들."

그런 그의 손에 들린 검날 주위로 막대한 기파가 일렁거린다.

"전부 납작 엎드려."

고개를 뒤돌린 관궁의 명령 같은 말에 당세망을 비롯한 제사소대 전원이 황급히 신형을 숙였다.

찰나.

파아아아아아아앗—!

관궁의 검날이 쾌속한 원을 그리며 어마어마한 검기를 퍼뜨렸다.

둥글게 펼쳐 서 있던 검수들 머리가 그에 의해 일제히 잘려 나가며 허공으로 치솟았고, 방대한 핏물이 흡사 폭죽을 터뜨린 것처럼 사방을 붉게 물들였다.

전멸이었다.

생존한 적은 단 한 명도 없었다.

육안으로도, 기감으로도 절대 파악 불가한 절륜한 쾌검술 앞에 제사소대 모두 온몸에 소름이 쫙 끼쳤다.

'살면서 저토록 엄청난 쾌검술은 본 적이 없다!'

과거 그가 왜 사종검황이라 불렸는지 방금 전 그 일초만 보더라도 능히 짐작이 갔다.

"멍, 멍!"

개새가 해맑게 짖자 관궁이 투덜거렸다.

"닥쳐! 네 칭찬이나 들으려고 펼친 검술이 아니야!"

그러곤 곧바로 당세망을 향해 말했다.

"거기 당가 놈, 새외 새끼들 은신처가 어디야?"

"제, 제가 안내하겠습니다. 한데 가주님께선……."

관궁이 검을 가볍게 휘둘러 칼날에 묻은 피를 흩뿌린 후 두 눈을 빛냈다.

"우리가 먼저 도착했다. 잔말 말고 어서 안내나 해."

"아…… 알겠습니다."

*　*　*

동혈 내부의 널따란 광장.

은빛 꽁지깃이 장식된 전모를 쓴 광선검존과 다른 세 명의 검존이 문뜩 똑같이 입구로 이어지는 통로 쪽으로 고개를 비틀었다.

"기척이다."

그런 광선검존의 말이 끝나자마자 동혈 저 밖으로부터.

—머어어어어어어엉!

일대 공기를 진동시키는 어마어마한 소리와 함께 거대한 음력이 발생시킨 진동이 내부로 침범해 들었다.

쿠르르르릉, 쿠르르르르릉……!

이어서 동혈 내부 전체가 지진이라도 난 것처럼 뒤흔들리더니 천장과 벽면이 쩌저적! 비명을 토하며 어지러이 거미줄을 그렸고, 또 입구와 연결된 통로는 순식간에 무너져 내려 공간을 완전히 틀어막아 버렸다.

구백여 명의 새외 검수들 모두 갑작스러운 상황에 두 눈을 한껏 키운 가운데 광선검존의 안색이 돌변했다.

"설마…… 사자후인가?"

나머지 세 명의 검존 역시 그와 똑같은 생각인지 가만히 고개를 끄덕인다.

"가공할 내공 수위의 음공 고수로군."

"중원 놈들, 기어이 이곳을 찾아낸 모양이야."

"후후훗, 차라리 잘됐다. 이참에 우리가 전부 쓸어버리면 될 일."

직후 돌무더기로 가로막힌 통로의 입구 너머에서 누군가의 성난 외침이 어렴풋이 들려왔다.

"크악! 이런 미친 개새끼 같으니……! 싸우려고 왔는데 다짜고짜 입구를 부숴 버리면 어떡해!"

그러자 또 다른 소리가 귓전에 와 닿았다.

"멍, 멍멍!"

새외 무인들 뇌리를 스쳐 지나가는 의문은 오직 한 가지였다.

'웬 개 소리가……?'

第九章

사종검황(邪宗劍皇)

무수한 돌덩이에 의해 꽉 막혀 버린 동혈 입구.

그 앞쪽, 온갖 나무가 무성하게 우거져 병풍을 이룬 공간에 자리한 관궁이 고래고래 고함치며 두 눈을 부라렸다.

"하여간 말은 지독히도 안 듣는 망할 똥개라니까! 매번 황당한 사고를 쳐야 직성이 풀리지? 어! 반박귀진을 이루고 난 다음부터 한층 제멋대로야! 이 삶아 처먹지도 못할 건방진 개새끼. 어휴, 손이 근질근질해 죽을 맛인데……!"

나불나불, 주둥이가 쉴 새 없이 열리고 닫히는 와중에 개새는 자신이 뭘 잘못한 건지 모르겠다는 듯 대가리만 갸웃거릴 따름이었다. 그러다가 입을 쩍 벌려 하품을 내뱉곤 열

불을 토하는 관궁의 시선을 외면했다.

한편 십 보 간격을 두고 자리한 홍청, 망청은 힐금힐금 눈치를 살피다가 가까운 나무에 등을 기대고 앉아 낮잠을 청했다.

그 꼴을 본 관궁이 눈에 쌍심지를 켜고.

"이 게으른 돼지 같은 놈들이……! 냉큼 궁둥이 떼지 못해? 만두 처먹기 싫어?"

움찔한 홍청, 망청이 잽싸게 죽창을 지팡이 삼아 짚고 벌떡 일어났다.

멀지 않은 후방엔 당문신보대의 수장 경렴, 앞서 신호탄을 쏘았던 당세망을 포함한 전 소대의 인원이 한데 대열을 갖추고 서 있었다.

그들 역시 눈치를 살피기는 마찬가지.

'나 참, 긴장감이라곤 눈 씻고 봐도 도무지 찾을 수가 없구나.'

'휴우, 사람이나 짐승이나 어쩜 저렇게…….'

'그나저나 어서 저 동혈을 가로막은 돌무더기를 치워야 하는데. 혹 다른 출구가 있다면 낭패가 아닐 수 없어.'

이미 여러 날 동안 이 일대를 조사하며 동혈을 드나드는 다른 길이 없음을 확인했지만 그래도 방심은 금물이었다.

하나 관궁을 만류하자니 그 기세가 여간 사나운 것이 아니라 전부 잔뜩 기가 죽어 차마 말문을 떼지 못하는 상태였다.

특히 잿빛 머리칼을 가진 사십 대 무인은 곤혹스러운 눈빛을 감추지 못했다.

'끌, 어떻게든 이곳 우두머리를 사로잡아 필요한 정보를 얻어야 하거늘.'

신보대의 총책임자 경렴이었다.

당문천무대를 이끄는 휴경과 더불어 당씨 혈통이 아님에도 불구하고 일신의 고강한 무력으로써 당문신보대 대대장 자리를 차지한 가내 상위의 고수이자 탁월한 경신 공부로 인해 강호에선 '비천일익(飛天一翼)' 이란 별호로 불리는 인물이다.

그런 경렴의 눈동자가 관궁의 뒷모습을 담았다.

맘 같아선 '새외 무리를 코앞에 두고 조교님과 실랑이를 벌이실 때가 아닙니다!' 라고 외치고 싶었지만 입을 열기가 쉽지 않았다.

'끄응…… 가주님께서 오셔야 그를 진정시킬 수 있을 듯하구나.'

그때.

갑자기 고개를 번쩍 쳐든 개새가 저편을 향해 짧게 짖었다.

"멍."

일동이 그 방향으로 눈길을 돌리자 청풍검문의 평제자들, 그리고 당효악이 이끄는 원정대가 저마다 경공술을 펼쳐 다가오는 것이 보였다.

경렴의 표정이 그제야 밝게 변했다.

'오! 때마침…….'

날개를 단 것처럼 표홀한 운신으로 관궁 곁에 붙어 선 당효악이 점잖게 물었다.

"어쩌다가 저리된 것입니까?"

그러자 관궁이 전방으로 시선을 던지며 인상을 찌푸렸다.

"뭐겠어? 당연히 개새끼 짓이지. 무턱대고 사자후를 터뜨리는 바람에."

대수롭지 않다는 투의 대답.

누가 들으면 사자후가 아무나 쓸 수 있는 기예인 줄 알겠다.

"허헛. 그랬군요. 일단 제가 동혈 앞을 치우도록 하지요. 행여 다른 출입구가 있다면 우리로서도 곤혹스러운 일이 아닐 수 없으니까요."

당효악은 그 말이 끝나기가 무섭게 일신의 내공을 이끌어 냈다.

직후.

드드드, 드드드드…….

일신의 막대한 공력을 대변하듯 체외로 뿜어진 무형지기에 의해 지면이 가볍게 흔들렸다.

"내부가 무너지면 안 되니 구멍을 뚫겠습니다."

그렇게 그가 동혈 쪽으로 걸음을 떼려는 순간 관궁이 손짓으로 저지하며 일렀다.

"아서, 이깟 일에 굳이 아까운 내력을 소모할 필요 없어. 네 일신의 무력은 큰 싸움을 치르기 위한 것이잖으냐."

"예……?"

"개새한테 시키면 된다고. 크큿."

소성을 발한 관궁의 시선이 옆쪽 지면으로 향한 찰나.

'어?'

방금 전까지 곁에 있던 개새의 모습이 보이지 않았다.

어디 갔지? 하며 고개를 두리번거리던 관궁의 면상이 돌연 보기 흉하게 일그러졌다.

'크윽, 저 똥개 새끼가 진짜!'

개새는 현재 당효악의 아내 묘장부인 단목채원이 이끄는 당문천녀대 쪽으로 가 꼬리를 흔들어 대며 애교를 부리는 중이었다. 그것도 제 맘에 드는 여인을 한 명씩 골라 가면서…….

"당장 이리로 오지 못해! 확, 그냥! 자꾸 정신 못 차리고 설쳐 대면 앞으로 네놈이랑 절대 놀아 주지 않을 테다!"

하나 개새는 입매를 살짝 비틀며 으름장을 놓은 관궁의 눈길을 회피했다.

그것을 본 진천당가 일행은 어이가 없다는 듯 머리를 절레절레 흔들었다.

'하아, 이건 뭐 아예 통제가 안 되는구나. 저 무시무시한 사종검황의 말을 무시하는 짐승이라니…… 애초에 사람 말을 알아듣는 것 자체가 불가해한 일이긴 하지만. 아무튼 개판이야, 개판.'

호홀지간 관궁이 씩 웃는다.

개새를 통제할 어떤 묘수가 떠올랐다는 것처럼.

아니나 다를까.

"이 오만 방자한 똥개 새끼! 자꾸 내 성질 건드리면 나중에 검씨한테 모조리 일러바칠 줄 알아."

예전 하연설이 자신한테 했던 협박.

효과는 즉각 나타났다.

개새가 '낑' 하며 앙증맞은 귀를 축 늘어뜨리곤 돌무더기가 잔뜩 쌓인 곳으로 나아갔기 때문이다.

표필을 비롯한 평제자 일동은 저마다 이마의 땀을 훔치며 속으로 실소했다.

'풋…… 역시나 조교님도 천하에 둘도 없는 교두님만큼은 두려운 모양이구나.'

관궁이 이내 흡족하다는 듯 낄낄댄다.

"옳지, 옳지. 네가 싼 똥은 네가 치워야 마땅하지."

내공을 갈무리한 당효악이 나지막이 중얼거렸다.

"어쩔 작정인지……."

뒷짐을 진 관궁이 곧바로 말을 받았다.

"저놈들, 아마 우리가 잔해를 치우고 진입하리라고 예상하고 있을 것이야. 만약 저 공간에 기관 장치가 설치되어 있다면 일이 성가셔. 그러니 알아서 밖으로 나오게끔 해야지."

어느덧 동혈에 바짝 다가간 개새가 다짜고짜 돌무더기 한가운데로 머리를 쑤셔 박았다.

꽈아앙—!

* * *

광선검존이 흰 수염을 쓰다듬으며 미소를 흘렸다.

"후훗. 우린 그저 기다리면 된다. 마음이 급한 것은 저쪽일 것이니……."

별안간 그의 전모 위에 있는 깃털이 번쩍번쩍 빛을 밝혔다.

이를 본 주변에 있던 검수들 모두 바닥에 부복하며 극진한 예를 갖췄다.

그것은 다름 아닌 검림지존이 보내는 영적인 신호.

광선검존의 동공이 새하얗게 변하더니 자신의 목소리가 아닌 검림지존의 전성을 토했다.

『전원 용감히 맞서 싸워라. 오랜 세월 오욕을 씻기 위해 갈고 닦은 무력을 맘껏 뽐내거라. 본좌는 머지않아 황룡이 선사한 검이 있는 청풍검문으로 향할 것인즉…… 동혈을 찾은 그들을 모조리 죽인 후 청성산 서쪽으로 가서 대기할 것을 명하노라.』

그러자 구백여 명에 달하는 인원이 입을 모아 우렁차게 외친다.

"예! 지존!"

다시 이어지는 전성.

『창궁검존(蒼穹劍尊), 폭광검존(爆狂劍尊), 괴상검존(怪狀劍尊)은 들으라.』

호명된 세 명의 노검수가 일제히 고개를 숙였다.

"하명하십시오."

『휘하 전력으로 감당하기 힘들 것 같으면 각자 신검의 힘을 개방해도 된다. 그 또한 허하노라. 우리의 비밀스러운 행보는 끝났다. 한낱 사람의 무력이 신병이기 앞에서 얼마나 초라해질 수 있는지…… 확실히 깨닫도록 만들어 줘라.』

그러자 검존들 얼굴에 화색이 돌았다.

"존명!"

이윽고 깃털의 광채는 사라졌고 광선검존의 동공도 원래의 색을 되찾았다.

창궁검존이 허리에 걸린 칼자루로 손을 얹더니 짙은 살기를 발산했다.

"드디어 본격적으로 움직일 때가 되었다."

그에 광선검존이 고개를 주억인 후 휘하 무리를 보며 말했다.

"저 중원의 머저리들 전부 목을 베어 버려라. 이제부터 우리는 사천성을 집어삼키고 중원 전체를 손아귀에 넣게 될 것이다. 그 첫 번째 재물이 진천당가라면…… 더할 나위가 없을 터."

"예, 광선검존!"

힘차게 대답한 검수들 눈동자 위로 귀화와 같은 시퍼런 빛이 스쳐 지나갔다.

바로 그 순간.

꽈아앙! 하는 굉음과 함께 통로를 가득 채우고 있던 돌들이 내부로 마구 날아들었다.

동시에 광선검존의 소맷자락이 펄럭이자.

파아아아아아아아—

사납게 쇄도하는 돌들이 가공할 무형지기에 의해 일제히 가루로 화해 뿌연 먼지구름을 일으켰다.

그때 광장과 맞닿은 통로 저 끝으로부터 환한 햇살이 스미는 작은 구멍이 시야에 담겨 들었다.

광선검존을 비롯한 세 검존과 휘하 검수들 모두 내공을 운용하며 칼을 뽑아 들었다.

한데 갑자기 구멍 너머로 작은 그림자가 어른거리더니 똥개 하나가 머리를 불쑥 내밀었다.

다름 아닌 개새.

'응?'

새외 무리가 저마다 의문을 품은 찰나 개새가 입을 크게 벌리곤 가공할 음력을 내뿜었다.

—**머어어어어어어엉!**

그렇게 사자후의 기운은 동혈 내부 전체를 뒤흔들며 천장, 벽면, 지면을 무차별적으로 파괴했다.

쿠쿠쿠쿠쿠, 쿠쿠쿠쿠쿠쿵…….

*　*　*

동혈 입구 밖.

단목채원, 휴경, 경렴 등 진천당가 무인들은 경악실색했다.

'대, 대단하다. 설마하니 사자후를 두 번씩이나 시전하다니!'

'도대체 내공의 깊이가 어느 정도이기에…….'

그런 가운데 개새는 제 할 일을 다 했다는 듯이 먼지구름이 퍼지는 동혈 입구를 뒤로하고 쫄래쫄래 당문천녀대 곁으로 향했다.

관궁이 문뜩 읊조리듯 중얼거렸다.

"드디어 나오는군."

말이 끝나자마자 쿠아앙! 하는 요란한 폭음이 터지며 동혈 입구의 돌무더기가 사방으로 비산했다.

뒤이어 모습을 드러내는 일련의 검수들.

선두에 선 검수는 광선검존이 아끼는 전력 중 한 명인 광결검자(光結劍子)였다.

파파파팟.

보법을 밟은 광결검자와 휘하 오십여 명의 검수가 관궁, 당효악 등이 선 자리로부터 일 장 간격을 두고 신형을 멈춰 세웠다.

이내 그들 검날 위로 새하얀 검기가 파도처럼 일렁거리고.

츠츠츠츠츠츠츠…….

그것을 본 관궁이 피식 웃었다.

"잘 가."

광결검자가 '무슨 소리?' 라고 의문을 품은 순간 자신의 시야에 담겨 드는 경물이 느릿느릿하게 기우뚱 기울었다.

'응……?'

그 속도가 점차 빨라지며 세상 전체가 옆으로 기운다. 아니, 기울다 못해 완전히 한 바퀴 뒤집힌다.

뒤이어.

시계에 담긴 광경이 한차례 아래위로 크게 흔들렸다.

아무런 감각을 느낄 수 없다.

그냥 무기력하게 눈알을 굴리는 것만이 할 수 있는 일의 전부.

광결검자는 비로소 깨달았다.

상대가 뿌린 극쾌의 검초에 의해 자신의 머리통이 절단되었다는 것을.

관궁이 우수에 들린 검의 칼날에 막대한 내력을 주입하며 두 눈동자 위로 숨 막히는 살광을 토했다.

"어디 한번 신나게 놀아 보자꾸나. 보잘것없는 새외의 병신들."

광결검자의 허무한 죽음 앞에 휘하 검수들 모두 경악과 분노가 뒤섞인 표정으로 전방을 향해 일제히 검극을 내찔렀다.

슈아아아아— 슈아아아아앗—!

귀청을 찢듯 날카로운 풍성을 터뜨리는 수십 가닥의 예리한 검기가 일 장 거리를 격해 관궁을 노리고 든다.

순식간에 십 보 지척으로 육박한 검기들.

한데 관궁은 무슨 이유인지 칼을 움킨 자세 그대로 미동조차 없었다.

찰나.

후우우우우웅!

웬 길고 가는 그림자 하나가 관궁과 검기들 사이를 쾌속하게 비집고 끼어들었다.

흡사 뱀처럼 구부러지며 고강한 내력을 내뿜은 그 그림자에 의해 예의 검기들 전부 연속적으로 파훼되며 요란한 파공음을 터뜨렸다.

퍼퍼퍼펑, 퍼퍼퍼퍼펑……!

폭음과 함께 투명한 파형을 퍼뜨리며 진동하는 대기.

그림자의 정체는 바로 관궁 옆에 자리한 당효악이 휘두

른 진천당가의 신물 능우구절편이었다.

"임전 태세를 갖추라!"

명을 내린 당효악의 우수가 빠르게 흔들리고.

카라라라락, 카라락, 카라라락—

구철편이 섬뜩한 쇳소리를 발하며 오십여 명의 적을 향해 육중한 기운을 폭사시켰다.

파아아아아아앗!

세차게 쏟아지는 빗물처럼 사납게 뻗어 나간 방대한 기운이 적의 진영을 휩쓸었다.

"으아악!"

"끄하아악!"

비명과 함께 이십여 명의 검수가 그대로 온몸이 찢겨 나가며 사방에 핏방울을 퍼뜨렸다. 그렇게 검수 무리는 순식간에 절반 남짓한 인원이 사멸하고 말았다.

진천당가의 비전 무공 추혼십우편법.

일신의 성취가 하늘마저 깨뜨릴 수준에 도달했다는 파천신군이란 별호답게 여느 무인과 비교를 불허하는, 가히 절륜한 경지의 무력이다.

당효악의 가공할 일초에 나머지 적은 저마다 마른침을 꿀꺽 삼키며 함부로 공세를 취하지 못했다.

우측으로 고개를 돌린 관궁은 능우구절편을 쥔 당효악을

바라보며 씩 웃었다.

'흣. 타훼신편과 비교할 바가 아니군. 방금 전의 일초만 보더라도…….'

과거 자신이 휘광검문을 이끌던 시절, 진천당가의 가주는 타훼신편 당연승이었다.

당시 그는 사천 지역은 물론이고 전국적으로 명성을 떨친 일류 고수였지만 당효악의 무위는 그것을 훌쩍 능가하는 수위임이 분명했다.

이내 시선을 마주한 당효악도 희미한 미소를 머금었다.

'허헛, 이 와중에 내 힘을 시험하다니…….'

앞서 관궁이 아무런 미동을 보이지 않은 이유는 하나.

어디 네 잘난 실력을 한번 보여 봐, 그것이다.

그사이 당문천무대를 위시한 진천당가 전력은 각기 일정한 간격으로 자리를 잡고서 합격을 펼칠 준비를 마친 상태였다.

당효악이 재차 능우구절편에 내력을 실어 휘둘렀다.

카라라라락, 쿠아아아아—!

마구잡이로 꺾이는 듯한 움직임 속에 깃든 절묘한 기의 운용.

추혼십우편법 제오초, 지동호우세(地動豪雨勢).

흡사 내리퍼붓는 비를 연상시키는 거대한 기류가 그대로

거리를 압축하며 나머지 새외 검수 무리를 덮쳤다.

그때.

한 인영이 검수들 앞에 불쑥 나타나 칼을 십자 형태로 연이어 긋자 지동호우세의 위력에 못지않은 청색 검기가 발출됐다.

정면으로 충돌한 두 기운은 파문이 번지듯 어마어마한 아지랑이를 퍼뜨렸고, 그에 의해 일대 지면이 쩌저적! 비명을 토하며 흉하게 갈라졌다.

쿠우우우우우우…….

묵직한 폭성이 일대 공간을 떨쳐 울리는 가운데 지동호우세를 완벽히 방어한 인영이 카랑카랑한 음성을 흘렸다.

"구절편으로 그만한 공력을 내뿜을 수 있는 무인은 당금 강호에 오직 한 명뿐. 후훗, 그대가…… 파천신군이로구먼."

이곳의 최고수들 중 한 명, 창궁검존이다.

호홀지간 당효악의 두 눈동자 위로 이채가 번득 스쳤다.

'저자가 우두머리인가?'

의문을 품기가 무섭게 창궁검존의 양옆으로 폭광검존과 괴상검존이 쓱 모습을 드러냈다.

뒤이어.

먼지가 자욱한 동혈 내부로부터 팔백여 명의 검수가 쏟

아지듯 뛰어나오더니 일사불란하게 진용을 갖추고 섰다.

관궁이 흥미롭다는 표정으로 말했다.

"키킥, 이제야 좀 제대로 된 쌈판이 되겠어."

세 검존의 시선이 일제히 그런 관궁의 얼굴 위로 머문다.

불가해한 외형 때문이었다.

관궁은 현재 열 살배기 남아의 모습을 하고 있으니 그들 입장에선 괴이하게 보이는 것이 당연한 일.

창궁검존이 전음을 보냈다.

『필시 반로환동을 이룬 것이다.』

폭광검존과 괴상검존도 동의하는지 고개를 살짝 끄덕였다.

하나 더 의문스러운 것은…….

세 검존의 눈길이 똑같이 측방을 향하자 꼬리를 흔드는 개새와 죽창을 들고 연신 하품을 내뱉는 흥청, 망청이 차례로 동공 속에 담겨 든다.

『세상에 드문 영물들…… 무엇보다 저 개는 아주 특별하다.』

『그렇지. 한낱 개가 사자후를 시전했다는 것은 분명히 음공을 극성으로 터득했다는 뜻. 어쩌면 내공 화후가 우리의 수준에 근접했을 가능성도 있겠어.』

『신경 쓸 것 없다. 어차피 신검의 힘을 개방하면 단숨에 베어 버릴 수 있을 것이야.』

돌연 입아귀를 샐쭉 올린 관궁이 장난스럽게 물었다.

"저 개 놈의 새끼가 내지른 사자후 맛은 어떻더냐? 크큿. 보아하니 한 일백 명 정도 부상을 입거나 뒈진 것 같은데 말이야."

별안간 세 검존과 휘하 검수들 모두 안광 위로 짙은 노기가 어리고.

그 순간 좌중의 귓전에 와 닿는 웅장한 전성.

—뜻밖의 존재로다.

대기를 쩌렁쩌렁 울리는 천리전성과 함께 광선검존이 허공을 격해 세 검존이 자리한 앞으로 사뿐히 떨어져 내렸다.

진천당가의 무인들은 살갗을 팽팽히 잡아당기는 긴장감을 느꼈다.

각 대의 대장은 서로 눈빛을 교환하며 생각했다.

'절정의 고수……!'

청풍검문 평제자들 반응도 그와 같았다.

한 명의 등장만으로 전장의 분위기가 달라졌다.

창궁검존과 폭광검존, 괴상검존이 웃음기를 머금은 채 조용히 검을 가슴 앞으로 세웠다.

직후 세 자루의 검이 지이잉! 울며 저마다 청색, 흑색, 회색의 기운을 내뿜었다.

그것을 본 청풍검문, 진천당가 일동의 안색이 급변했다.

'웃! 신병이기로구나!'

하나 당효악은 의연함을 잃지 않았다.

'기선 제압이 필요하겠군.'

판단과 동시에 움직이는 팔.

막대한 공력이 실린 능우구절편이 전방을 향해 커다란 궤적을 그렸다.

파아아아아아아아—!

폭우처럼 하늘과 땅을 진동시키는 거대한 기운이 적을 한꺼번에 멸해 버릴 듯이 발출되었다.

십지능우세(十地凌雨勢).

추혼십우편법을 대표하는 궁극의 사초식 중 하나.

질세라 세 검존이 각기 신검을 움킨 채 검극을 쭉 내찔렀다. 그러자 세 가닥의 검기가 질풍처럼 돌진해 십지능우세의 기류를 단숨에 흐트러뜨렸다.

퍼어어어어어엉…….

기의 잔해가 거대한 물결처럼 투명하게 퍼지며 시야를 어지럽히는 가운데 광선검존이 우수에 검쥔 신검의 힘을 개방했다.

쿠우우우우—

방원 십 장의 지면이 아래위로 요동치며 무수한 거미줄을 쳤고, 검날로부터 새어 나온 무형지기의 압력이 사위의 공기를 무겁게 만들었다.

청풍검문, 진천당가 할 것 없이 다들 긴장한 얼굴로 상대를 바라보았다.

특히 표필을 비롯한 육십여 명의 평제자는 심장이 마구 두근거렸다.

일련의 분위기가 예전 천금각, 잔혼각 무리와 맞섰을 때와 판이했기 때문이다.

그땐 아무도 죽은 사람이 없었으나 오늘은 자칫 잘못하면 목숨을 잃을 수도 있겠다는 긴장감이 흉중을 엄습해 들었다.

내공을 한껏 이끌어 낸 광선검존이 살기 어린 목소리를 발했다.

"이 검은…… 한때 중원 무림을 군림했던 위대한 무인이 남긴 신물. 그러니 부디 전력을 다함이 좋을 것이야."

일순 청풍검문, 진천당가의 무인들 모두 낯빛이 굳었다.

'뭣! 중원 무림을 군림했던 사람의 신물이라고?'

그 말은 곧 신물의 원래 주인이 강호 역사에 기록된 패자들 중 한 명이란 소리인데.

·

당효악이 싸늘한 눈빛으로 입을 열었다.

"얼마나 대단한지 알아보지."

그렇게 능우구절편으로 오 할이 넘는 내공을 주입한 찰나.

저벅저벅.

관궁이 아무런 예고도 없이 적 진영으로 걸음을 옮겼다.

'어?'

갑작스러운 상황에 다들 어리둥절해했다.

개새가 귀를 쫑긋 세우더니 후다닥! 뛰어 그런 관궁의 뒤를 쫓았다.

"멈춰."

관궁이 고개를 뒤돌리며 말하자 개새가 돌연 '끼잉' 앓는 소리를 내며 잔뜩 기가 죽은 표정으로 뒷걸음질 쳤다.

청풍검문 평제자들은 경악을 금치 못했다.

'억! 조…… 조교님의 저런 모습은 처음이야. 게다가 교관님께선…….'

전원 관궁의 표정을 똑똑히 보았다.

얼음처럼 차가운 얼굴.

예의 악동을 연상시키는 미소는 온데간데없이 사라졌다.

광선검존을 비롯한 세 검존의 시선이 관궁의 얼굴로 집중되었다.

어느덧 십 보 남짓한 간격.

우뚝 멈춰 선 관궁의 눈동자가 정면에 선 광선검존의 얼굴을 담았다.

"전력을 다해?"

"……."

"네 따위가 감히 내 전력이 어느 정도인지 가늠이나 할 수 있으랴."

말이 끝나기가 무섭게 관궁의 작은 체구로부터 뭐라 형언하기 힘든 거대한 기운이 폭발하듯 뿜어져 나왔다.

쿠우우우우우우우웅!

하늘과 땅이 무너지는가.

만근 바위 수천 개가 떨어져 내리는 것 같은 육중한 압력이 이 공간 전체를 짓누른다.

"크윽……!"

그 힘을 견디지 못한 새외 검수들 전부 누가 먼저랄 것도 없이 바닥에 무릎을 꿇으며 어깨를 누르는 압력에 괴로운 신음을 흘렸다.

그나마 네 명의 검존만이 가까스로 극성의 공력을 발휘해 버티고 서 있을 뿐.

강제로 부복하게 만드는 가공스러운 힘.

숨조차 쉬기 힘들다.

흡사 천계의 거인이 일대 공기를 모조리 빨아 없애 버린 듯이…….

압도적인 것을 넘어 경이적인 내공 수위였다.

이러다가 칼을 휘두르는 것은 고사하고 기의 압력에 압사당할 것만 같다.

그것을 방증하듯.

퍼퍽, 퍼퍼퍽…… 퍽, 퍼퍽……!

꿇어앉은 검수들 수십 명의 머리가 으깨진 박처럼 부서지며 시뻘건 핏물과 싯누런 뇌수를 퍼뜨린다.

"본좌가 극성 공력을 드러내 보인 상대는 이백여 년을 통틀어 고작 다섯 명에 불과하거늘. 그중 내가 진정으로 인정한 상대는 오직 한 명뿐이니라. 바로 본 문의 건방진 교두 새끼…… 한데 네까짓 게 감히 전력을 주둥이에 담아?"

동시에 광선검존의 손에 들린 검이 웅웅! 울음을 토하더니.

"끄아아아악!"

날카로운 통성이 터져 나왔다.

다름 아닌 광선검존의 신검이 저절로 관궁 쪽으로 이끌리며 그의 손목을 끊어 버린 것이다.

한 줄기 비명만이 흐르는 죽음과도 같은 정적.

관궁은 쥐고 있던 검을 버리더니 거리를 격해 이끌려 온

신검을 콱! 움켰다.

"본좌가 바로 무림 최후의 황제 사황이니라."

그에 검존들, 검수들 모두 안색이 새파랗게 질렸다.

'아니! 사…… 사종검황이라고? 세상에, 그가 아직까지 생존해 있었단 말인가?'

이어 관궁의 목소리가 재차 중인의 귓전을 파고들었다.

"……또한 이 검의 주인이기도 하지."

〈다음 권에 계속〉

DREAMBOOKS

DREAMBOOKS

DREAMBOOKS